KB072905

# 전능의 팔찌

THE OMNIPOTENT
BRACELET

**김현석 현대 판타지 소설**
FUSION FANTASTIC STORY

# 전능의 팔찌 43

김현석 현대 판타지 소설

초판 1쇄 찍은 날 § 2014년 12월 16일
초판 1쇄 펴낸 날 § 2014년 12월 23일

지은이 § 김현석
펴낸이 § 서경석

편집부장 § 권태완
편집책임 § 박은정

펴낸곳 § 도서출판 청어람
등록번호 § 제387-1999-000006호
등록일자 § 1999. 5. 31
어람번호 § 제1-2004호

주소 § 경기도 부천시 원미구 부일로 483번길 40 서경B/D 3F (우) 420-822
전화 § 032-656-4452 팩스 § 032-656-4453
http://www.chungeoram.com
E-mail § E-mail § chungeorambook@daum.net

ISBN 979-11-04-90026-6 04810
ISBN 978-89-251-2596-1 (세트)

# 전능의 팔찌

## THE OMNIPOTENT BRACELET

43

FUSION FANTASTIC STORY

**김현석 현대 판타지 소설**

청어람

# CONTENTS

CHAPTER 01
가자, 자치령으로!

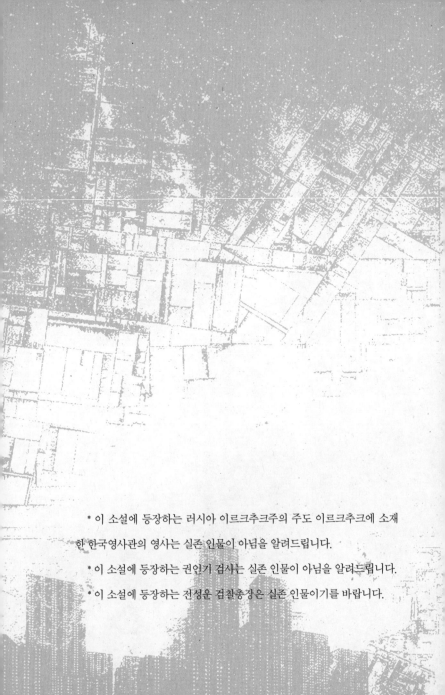

전능의팔찌
THE OMNIPOTENT
BRACELET

낡은 벤츠가 겨우내 내린 눈 위를 달린다.

공항에서 멀어지자 끝도 없는 자작나무 숲이 펼쳐져 있다.

잎사귀를 모두 떨군 자작나무들이 하얀 눈밭 위에 끝도 없이 펼쳐져 있는 모습은 매우 인상적이다.

눈길을 헤치고 가야 하기에 타이어마다 체인을 걸어 놓아 소리가 나지만 이게 없으면 다닐 수가 없다고 한다.

바깥은 영하의 추위인지라 브레첸코는 히터를 최대한으로 올린다. 뒷좌석까지 따뜻해지라는 배려이다.

그런데 현수는 이미 추위와 더위로부터 자유로운 몸이고,

테리나도 항온의류를 걸치고 있기에 춥다는 느낌이 없었다.

러시아에서 태어난 테리나도 시베리아는 처음이라고 한다. 그래서 그런지 창밖을 바라보며 연신 탄성을 지른다.

"어머, 저기 좀 보세요."

테리나가 가리키는 곳을 보니 늑대 무리가 이쪽에 시선을 주고 있다. 어떤 놈이 지나가나 하는 시선이다.

바깥은 온통 잿빛이다. 이 추위에 무엇을 먹고 어디서 자는지 알 수 없다. 굶주려 죽거나 얼어 죽을 수도 있다.

현수는 예전의 길고양이를 떠올렸다.

집 근처 담벼락 사이 좁은 틈에 죽어 있던 바싹 야윈 아기 고양이의 모습이 저 멀리 보이는 늑대와 겹쳐 보인다. 종은 다르지만 불쌍하다는 느낌은 같다.

"리노와 셀다는 잘 지내겠지?"

둘은 양평의 저택을 뛰어다니며 지현의 보살핌을 받고 있을 것이다. 동물원 사육사의 자문까지 받아 저택 옆에 집을 지어줬지만 그곳에선 놀기만 할 뿐 잠은 숲 속 어딘가에서 잔다고 한다.

날고기만 먹으면 포악해질까 싶어 개들이 먹는 사료를 섞어주는데 들쥐나 비둘기 같은 작은 동물을 사냥하기도 한다.

저택 인근의 숲에는 이런 것밖에 없기 때문이다.

현수가 운동하러 아차산을 누빌 때는 달랐다. 두 녀석은 타고난 사냥꾼인지 재주가 좋아 잘도 잡았다.

리노가 몰고 셀다가 사냥하는 모습도 보았고 반대의 모습도 보았다. 전자는 고라니를 사냥할 때이고 후자는 멧돼지를 잡아먹을 때다. 제법 엄니가 자란 멧돼지였지만 결국엔 리노와 셀다의 먹이가 되었다.

이 모습을 지켜본 현수는 리노와 셀다가 평범한 늑대가 아니라는 생각을 했다. 너무도 쉽게 사냥을 한 때문이다.

"흐음, 셀다가 새끼를 낳았을까?"

늑대는 4~6월에 새끼를 낳는다. 보통 세 마리에서 여섯 마리를 낳지만 드물게 열 마리까지 낳을 때도 있다.

"새끼 때가 제일 귀여운데."

강아지가 아장거리는 모습을 떠올린 현수는 미소를 지었다. 얼마나 귀여울지 생각만으로도 흐뭇한 때문이다.

그렇게 한참을 달리던 어느 순간 갑자기 차가 덜컹한다.

쿵―! 퍽―!

"윽!"

"크윽!"

눈구덩이에 차가 빠지면서 현수의 머리는 천장에 닿았다 떨어졌다. 이 순간 현수에게 말을 걸려고 고개를 돌리던 테리나의 관자놀이에 강한 충격을 받았다.

현수의 턱이 그곳을 강타한 것이다.

"끄응!"

테리나의 머리가 자신의 사타구니 사이로 맥없이 파고들자 현수는 화들짝 놀라 테리나를 일으켰다.

경황이 없는지라 테리나의 가슴을 잡고 있었지만 그런 걸 느끼지도 못하는 상황이다.

"테리나! 테리나! 괜찮아? 응? 눈 좀 떠봐!"

"……!"

헝겊 인형처럼 흔들리는 테리나가 심상치 않아 현수는 한 손으로 목의 경동맥을 짚으며 왼 가슴에 귀를 댔다.

"휴우~!"

관자놀이는 급소이다. 이곳에 강한 타격이 가해지면 지금처럼 혼절하거나 심하면 사망에 이를 수 있었다.

현수는 기절한 테리나를 조심스레 품에 안았다.

뒷좌석에서 들린 소리에 놀라 고개를 돌린 브레첸코는 걱정스런 눈빛이다.

"보스, 괜찮으신 겁니까?"

"나는 괜찮네. 근데 테리나는 잠시 혼절했나 봐. 내 턱에 관자놀이를 맞았거든."

"아……!"

브레첸코는 혼절해 있는 테리나에게 잠시 시선을 주었다가 몸을 바로 했다.

"너! 운전 똑바로 못해?"

"죄, 죄송합니다. 거기 구덩이가 있는 줄은……."

사실 운전자는 큰 잘못이 없다. 눈 덮인 도로 아래에 구덩이가 파여 있는 걸 어찌 알겠는가!

그럼에도 테리나가 기절했다는 걸 눈치채곤 절절맨다.

"정신 똑바로 차리고 운전해! 알았나?"

"죄송합니다. 확실히 하겠습니다."

군기 들린 이등병처럼 대답한 운전자는 더욱 주의 깊게 전방을 주시하며 달린다. 이때 현수의 입술이 달싹인다.

"어웨이크!"

샤르르릉—!

"끄으응!"

"테리나, 괜찮아? 아프지 않아?"

"제가……."

잠시 전의 상황이 기억나지 않는 모양이다.

"차가 덜컹거릴 때 내 턱이 테리나의 관자놀이를 가격해서 잠시 기절했어. 좀 어때? 괜찮아?"

"잠시만요."

테리나는 자신의 관자놀이를 손으로 문질러 보고는 이내 아미를 찌푸린다. 통증이 느껴진다는 뜻이다.

"바디 리프레쉬! 컴플리트 힐! 리커버리!"

세 개의 마법이 차례로 구현되자 통증이 말끔히 가신다. 뿐만이 아니다.

테리나의 모든 불균형하던 것들이 제자리를 찾는다.

관자놀이 한 방 맞은 대가치곤 너무나 좋은 치료를 받은 셈이다.

"괜찮으십니까?"

브레첸코는 테리나가 현수의 연인이라 생각했다. 눈이 번쩍 뜨일 만큼 대단한 미녀이기 때문이다.

보스의 여인이니 당연히 잘 보여야 한다. 그렇기에 부러 물어본 것이다.

"네, 걱정해 주셔서 고마워요."

"아이구, 무슨 말씀을…… 괜찮으시다니 다행입니다. 그나저나 보스, 갈 길이 먼데 점심 식사는 어떻게 하시겠습니까?"

"점심? 아, 시간이 그렇게 되었군. 어디 좋은 곳 있으면 안내 부탁하네."

"부탁이라니요. 여기까지 오셨는데 제가 모셔야죠."

브레첸코는 자신의 뜻대로 되는 것이 기분 좋은 듯 만면에 웃음을 짓는다.

"루슬란, Озера и Сады(호수와 정원)으로 가지."

브레첸코가 가자는 곳은 네르친스크 최고의 맛집으로 손꼽히는 곳이다. 샤실릭과 보르쉬가 일품이다.

샤실릭은 러시아 전통 음식으로 레몬, 토마토, 양파, 각종 향신료, 그리고 식초나 탄산수 등으로 고기를 숙성시켰다가 꼬치에 구워 먹는 음식이다.

보르쉬는 감자, 당근, 양파, 양배추를 넣고 비트와 토마토 소스로 붉게 색깔을 낸 수프이다. 돼지고기나 베이컨이 들어 간다. 다소 느끼하지만 진한 맛이 나는 음식이다.

현수는 이것 둘 다 먹어본 바 있고 좋아한다. 그렇기에 혼 자 있을 때 여러 번 만들어 봤다.

네르친스크 최고의 맛이라 하니 자못 기대된다. 하여 흔쾌 히 고개를 끄덕였다.

"샤실릭과 보르쉬, 나도 좋아하네."

"하하! 다행입니다."

벤츠는 자그마한 호수 곁에 지어진 2층짜리 목조 건물 앞 에 멈춰 섰다. 눈으로 뒤덮여 온통 하얀색뿐이지만 여름이 되 면 많은 꽃이 핀다고 한다.

브레첸코의 장담은 사실이었다.

현수는 지금껏 먹어본 모든 샤실릭과 보르쉬는 쓰레기라 는 평가를 내렸다.

그야말로 입에서 살살 녹는 맛이 정말 일품이었다.

후식으로 러시아 아이스크림인 마로제노에가 나왔다. 부 드럽고 유지방이 많은 것이 특징이라 한다.

러시아 전통 아이스크림인 이것 역시 입에서 녹았다. 하긴 아이스크림이니 입에서 녹는 게 당연하다.

식대는 브레첸코가 지불했다. 화장실에 다녀오는 척하면서 계산을 끝낸 것이다.

현수는 서빙을 해준 30대 후반 아주머니에게 팁을 주려 지갑을 열었다. 그런데 이리냐가 채워준 루블화는 1,000루블과 5,000루블짜리 지폐밖에 없었다.

1루블당 25원 정도 되니 각각 25,000원과 125,000원짜리이다.

의사 평균 급여가 28,000루블인 나라이다.

따라서 5,000루블은 너무 과한 팁이다. 하여 1,000루블짜리를 주었다. 주방에도 1,000루블을 팁으로 보냈다.

브레첸코는 이 집 단골인 듯 생색을 냈다.

그들은 다시 차를 타고 눈길을 헤치며 달렸다. 그렇게 꽤 오랜 시간이 지났다. 처음엔 어려워했지만 브레첸코는 익숙해졌는지 현수에게 이것저것 묻는다. 어려 보여서 그럴 것이다.

주로 알렉세이 이바노비치에 관한 것이다.

그가 세상에서 가장 존경하는 인물이라 하여 웃음이 나왔으나 어찌 웃겠는가!

지르코프에 관한 이야기도 나왔다.

노보로시스크의 보스가 항온의류라는 것을 독점하여 팔기 시작했다는데 네르친스크엔 아직 안 들어왔다.

자신도 항온의류 매장을 운영하면 좋겠다고 한다.

이유를 물으니 레드마피아 단원인 건 좋은데 폭력으로 돈을 뜯는 건 이제 싫증났다고 한다.

그런데 이제 안 그래도 된다고 한다.

왜 그러냐고 물으니 이실리프 자치령을 오가는 사람들을 상대로 하는 장사도 재미있을 것 같다는 이야기이다.

훗날의 이야기지만 브레첸코는 오늘을 결코 잊지 못한다.

하늘같은 보스와 한 차를 타고 가면서 이런저런 이야기를 격의 없이 나눈 것을 영광으로 여기기 때문이다.

이야기는 점점 더 부풀려져 차를 타고 가다 곰을 만난 이야기까지 만들어진다.

차를 타고 가다 내려서 소변을 보고 있는데 숲 속에 있던 곰이 튀어나와 자신을 공격한 이야기로 시작된다.

브레첸코가 아무것도 모르고 방광을 비우고 있을 때, 곰은 불과 2~3m 거리까지 다가왔다.

앞발질 한 방이면 인생 종칠 순간이다.

시베리아 불곰은 앞발로 황소나 사슴, 사람 등의 척추를 부수는 힘을 가지고 있기 때문이다.

그럼에도 브레첸코는 누런 물줄기에 시선을 주고 있었다. 이때였다.

타앙—!

브레첸코가 경각지경에 달한 순간 한 방의 총성이 울렸다.

쿠웅—!

시베리아 불곰이 육중한 신형을 대지에 눕히는 소리다.

놀라서 고개를 돌려보니 10m 정도 떨어진 곳에 보스가 서 있었다. 현수가 한 방으로 곰을 잡았다는 것이다.

이때 모두들 이렇게 말한다.

"에이, 말도 안 돼요! 어떻게 권총 한 방으로 그 큰 곰을 잡아요?"

"얌마, 그럼 내가 거짓말을 한다는 거야? 나중에 보니까 총알이 곰의 왼쪽 눈알을 뚫고 들어갔어. 안에 들어가 뇌를 휘저어놨는데 어떻게 살아서 움직여?"

브레첸코가 나름대로 만들어낸 논리이다. 이때 누군가 또 딴지를 걸고 나선다.

"보스, 10m라곤 하지만 권총으로 어떻게 조준사를 해요."

권총은 소총에 비해 조준선이 짧고 사격 반동을 효과적으로 조절하기 힘들기 때문에 잘 안 맞는다고 한다.

그런데 이는 변명에 불과하다.

권총 사격은 잘 안 맞는 게 아니라 못 맞추는 것이다. 자세와 파지법만 정확히 해도 명중률이 상당히 높아진다.

"얌마, 보스는 사격의 신이야, 신! 10m가 아니라 20m 거리에서도 담배꽁초를 정확히 맞추시는 분이야."

이는 100% 브레첸코가 지어낸 말이다. 현수가 총 쏘는 모습을 본 적이 없기 때문이다.

하지만 완전히 틀린 말은 아니다.

현수는 특등 사수 중에서도 특등 사수이다. 그렇기에 국방과학연구소 소화기개발팀 사수로 군복무를 마쳤다.

그때 온갖 종류의 총을 다 쏴 보았다.

그중엔 권총도 당연히 포함되어 있었다. 지겨울 정도로 많이 쏴봤기에 브레첸코가 말한 그대로 할 수 있다.

어쨌거나 브레첸코의 부하 중 하나는 믿을 수 없다는 표정으로 다음과 같이 말한다.

"말도 안 돼요. 그럼 올림픽에 나가셔야죠."

"어이구, 이런 멍청이! 올림픽에서 쏘는 권총은 공기총이야. 실탄이 아니라구."

이 대목에서 깨갱한다.

"나중에 달아보니까 그놈 무게가 450㎏이었어. 보스가 아니었으면 내가 놈의 먹이가 되었을 거야."

브레첸코는 이 밖에도 상당히 많은 뻥을 지어낸다.

부하들은 지겹도록 이야길 듣는다. 그런데 들을 때마다 살이 붙으며 점점 더 이야기가 정교해진다는 것이 특징이다.

벤츠는 눈길을 따라 계속 달렸다.

똑같은 창밖 풍경이 지쳤는지 테리나는 선잠에 빠져들었

다. 현수가 팔을 둘러줘 가슴에 머리를 묻고 있다.

그렇게 한참을 달리다가 연료를 보충해야겠다며 정차했다.

잠시 밖으로 나와 기지개를 켜던 현수는 멀리서 자신을 바라보는 늑대와 시선이 마주쳤다.

덩치가 제법 큰 놈인데 30마리 정도를 이끌고 있다. 이쪽을 공격해도 되는지 계산하는 눈빛이다.

[배가 고프냐?]

마나에 의지를 실어 보내자 화들짝 놀란 표정으로 바라본다. 하긴 인간이 뜻을 전했으니 놀랄 만도 하다.

[먹이를 줄 테니 먼 곳으로 가서 살아.]

리노와 셸다가 있기에 늑대들이 공격하더라도 죽이고 싶은 생각은 들지 않았다.

현수의 아공간엔 아르센 대륙의 고깃덩이가 제법 많다. 멀린이 남긴 것도 있고 이곳저곳 다니는 동안 여러 사람이 가지고 가라 하여 넣어둔 것이다.

케이 상단의 알론도 있고 장인이 된 로니안 공작도 있다. 가장 많은 고깃덩이를 준 사람은 하인스 상단을 맡고 있는 얀센이다. 현수가 대륙을 횡행하는 동안 사용하라고 황소로 치면 200마리분의 육류를 가져다 주었다.

물론 쇠고기는 아니다. 지구로 치면 사슴 고기와 멧돼지 고기가 대부분이다. 지구의 그것과는 다르다. 더 질기고 누린내도 심하다. 하여 현수는 가급적 먹지 않는 것이다.

[조금 있다가 여기에 고기를 놓고 갈 테니 먹으렴.]

늑대 우두머리는 자신에게 말을 거는 인간을 멍한 표정으로 바라본다. 이런 경험이 처음인지라 어리둥절한 것이다.

정차해 있던 벤츠는 연료 탱크를 가득 채운 후 곧바로 출발했다. 아직 갈 길인 먼 때문이다.

마지막으로 차에 오르기 전 현수는 자동차 뒤에 송아지 한 마리 정도의 고깃덩이를 떨궈 놓았다.

"매스 윈드 커터!"

샤르르릉—!

위이잉! 위이이잉!

수십 개의 바람의 칼날이 송아지만 한 고깃덩이를 갈가리 찢어 흐트러뜨렸다. 하나의 덩어리를 육편으로 만들어 사방에 널어놓은 것이다.

피 냄새를 맡았는지 늑대 무리가 달려들어 한바탕 잔치를 벌였지만 현수를 제외한 어느 누구도 눈치채지 못했다.

벌써 어둑어둑해져서 앞을 보고 가기에도 바쁜 때문이다.

평소 같으면 우두머리가 먼저 배를 채우고 서열에 따라 남은 것을 먹었을 것이다. 그런데 이번엔 다르다.

송아지 크기의 고깃덩이가 육편이 되어 사방에 널렸기에 모두가 한꺼번에 배를 채웠다. 아마도 생전 처음 겪는 공평한

먹이 분배였을 것이다.

몰래 뒤를 돌아본 현수는 30마리 정도 되는 늑대가 주린 배를 채우는 모습을 보고 미소 지었다.

괜스레 기분이 좋아진 것이다.

배가 부르니 오늘은 사냥을 하지 않을 것이다.

오늘 죽어야 했을지도 모를 생명을 하루쯤은 더 살게 한 기분이 들었다.

벤츠는 어둑어둑해지는 늦은 오후까지도 길을 따라 전진했다. 갈림길 없는 외길인지라 이정표 따위는 볼 필요도 없었다. 다만 눈 덮인 길인지라 가끔 멈춰 서서 제대로 길 위를 달리는지 여부를 확인하는 작업이 필요했을 뿐이다.

선잠에 들었던 테리나는 정신을 차리자마자 행색을 다듬느라 여념이 없다. 현수에게 못 볼 꼴을 보인 건 아닌가 싶은 조바심 때문이다.

조금 더 시간이 지나자 완전한 어둠 속을 달리게 되었다. 눈 덮인 길을 아무런 조명 없이 오로지 두 줄기 헤드라이트에 의지해서 달리는 것은 결코 쉬운 일이 아니다.

브레첸코는 수시로 내려 방향을 체크했다. 혹시라도 잘못된 길로 접어들까 싶은 때문이다.

"보스, 여기부터 이실리프 자치령입니다."

이 이야길 듣고도 세 시간을 더 달렸다. 그러는 사이에 사위는 완전한 어둠 속에 잠겼다.

2014년 4월 16일은 음력으로 3월 17일이다. 보름이 불과 이틀 전이었다. 한국에선 아직 보름달에 가까운 모습이다.

혹자는 지구는 둥그니 보는 장소에 따라 달의 모양도 달라 보일 것이라 이야기한다. 그런데 달의 공전 주기는 거의 한 달이다. 반면 지구의 자전 주기는 하루이다.

지구에서 보는 달의 모습이 바뀌는 것은 달이 지구 주위를 공전하기 때문이다.

서울에 보름달이 떴을 때 지구를 반 바퀴쯤 돈 모스크바에서 본 달은 어떨까?

지구 자전 주기는 24시간이다. 반 바퀴면 약 12시간인데 그동안 달이 얼마나 움직였을까?

참고로 지구에서 보는 달의 모습이 바뀌는 것은 지구 주위를 공전하기 때문이다.

$360° \div 30일 \div 2 = 6°$

달은 약 6°도쯤 움직였을 뿐이다. 이 정도면 별 차이 없을 것이니 모스크바에서도 보름달로 보인다.

시베리아도 마찬가지이다. 보름달이 떠 있다. 그리고 드넓은 설원이 펼쳐져 있다. 이쯤 되면 제법 밝아야 한다.

달빛에 설원에서 반사된 빛이 더해지기 때문이다. 그런데 그러하지 않다. 짙은 구름이 달을 가리고 있어서이다.

그래서 벤츠는 두 줄기 헤드라이트만으로 짙은 어둠을 뚫고 달리는 중이다.

쉼 없이 달려가던 중 멀리 불빛이 보인다. 드디어 사람들이 사는 곳에 당도한 것이다.

부지런히 달려가니 2층으로 쌓은 컨테이너들이 보인다. 서로 붙어 있는 데다 모두 뒷모습이기에 주위를 돌아야 했다.

그 과정에서 수십 개의 컨테이너가 오각형(⌂) 모양으로 배치되어 있음을 알 수 있었다.

드디어 입구를 찾았다. 오각형 중 뾰족한 부분에 자동차 한 대가 드나들 정도로 벌어져 있는 것이다.

"보스, 예서 잠시만 기다리십시오."

텅—!

먼저 내린 브레첸코는 주변을 살피곤 수신호로 클랙슨(Klaxon)을 누르라 했다.

빠앙! 빠아앙—! 빠앙! 빠아앙!

소리를 들었는지 컨테이너 중 하나의 문이 열리며 빛이 쏟아져 나오는가 싶더니 이내 사라진다. 문이 닫힌 것이다.

저벅저벅! 저벅저벅!

"누구슈?"

사내는 엽총을 어깨에 걸치고 있다. 짐승들의 습격이 잦은 듯하다.

차가 드나들 수 있는 입구는 이중으로 철망 문이 설치되어 있다. 늘대 같은 짐승들이 뛰어넘을 수 없도록 약 3m 높이인 데 그 위에 둥근 철조망이 쳐져 있다.

웬만한 짐승의 습격은 방어할 수 있을 듯싶다.

"모스크바에서 왔소."

"모스크바 누구……?"

사내는 심하게 경계하는 듯 브레첸코의 얼굴을 비춘 랜턴의 방향을 바꾸지 않았다. 브레첸코는 눈이 부신지 손으로 눈을 가리며 말을 이었다.

"이 자치령의 주인이오."

"누구? 이곳의 주인은 동양인인데?"

랜턴으로 확인한 브레첸코는 전형적인 러시아인 모습이다. 그렇기에 누굴 속이느냐는 듯한 어투이다.

이때 현수가 하차했다.

텅—!

사내는 현수를 볼 수 없다. 자동차의 헤드라이트보다 현수가 뒤쪽에 있는 때문이다.

저벅저벅!

사내는 엽총을 내리는 동시에 랜턴을 비춘다. 혹시 있을지 모를 공격에 대비하는 모습이다.

현수는 눈이 부셨지만 손으로 가리지 않았다.

"나는 이 자치령의 주인인 김현수라 합니다."

"아, 네에!"

사내가 짧은 감탄사를 터뜨린 이유는 현수의 얼굴을 확인한 때문이다.

이 사내는 FC 제니트 상트페테르부르크의 열렬한 팬이다.

참고로 한국 대표팀 감독이던 아드보카드가 감독으로 재임했고, 김동진 선수가 소속되어 있기도 했다.

아무튼 사내는 축구의 신으로 소문난 현수가 이 자치령의 주인이라는 것을 알고 있다.

그렇기에 기꺼이 측량팀에 참가한 것이다.

여기서 일하면 어쩌다 한 번쯤은 축구의 신을 지금과 같은 지근거리에서 볼 수 있을지도 모른다고 생각한 결과이다.

어쨌거나 현수의 얼굴을 확인한 사내는 두어 발짝 물러나더니 지체없이 안쪽 철망 문을 열었다.

이곳의 주인이 온 것을 인정한 것이다.

삐이꺽―!

경첩에 그리스(Grease)를 발랐지만 워낙 추워 제 기능을 못 하는 모양이다. 곧이어 바깥쪽 문도 열린다.

삐이꺽―!

"어서 오십시오, 김 회장님. 이실리프 자치령의 베이스캠프에 오신 걸 환영합니다."

더할 수 없이 깍듯한 모습이다.

"반갑습니다. 그리고 고생이 많습니다. 그런데 성함이…?"

"아! 저는 마라트 피메노프라 합니다. 축구의 신을 만나뵙
게 되어 영광입니다. 이따 사인 부탁드립니다."

"에구, 축구의 신이라니요. 어쩌다 그런 겁니다."

현수의 겸양 어린 말에 피메노프가 펄쩍 뛴다.

"무슨 말씀을……. 김 회장님의 슛은 정말 대단했습니다.
메시나 호날두도 그렇게는 못합니다."

"에구……."

현수는 뭐라 할 말이 없어 말끝을 흐렸다.

"아무튼 사인은 이따 해드리겠습니다."

"감사합니다."

피메노프의 입이 양쪽으로 벌어진다. 현수는 축구선수가
아니다. 직장인이며 기업인인데 너무 높다. 하여 사인을 받기
어려운 존재이다. 그렇기에 매우 흡족한 것이다.

부우웅―!

벤츠가 안으로 들어서며 빛을 비추자 컨테이너로 둘러싸
인 널찍한 광장이 드러난다.

약 40대의 사륜구동 자동차가 질서정연하게 주차되어 있
었다. 이 밖에 트럭도 있고 지게차도 보인다.

"이쪽으로 오십시오."

사내의 안내를 받아 안으로 들어가는 동안 컨테이너들의
문이 열리고 불빛이 쏟아져 나온다.

이 밤중에 누가 왔나 싶은 모양이다.

"피메노프, 누가 온 거야?"

"아, 팀장님, 모스크바에서 김현수 회장님이 오셨습니다."

"…뭐, 뭐야? 어, 어서 응접실로 모시게."

"네, 그렇지 않아도 그러는 중입니다."

피메노프의 안내를 받아 들어간 곳엔 책상과 소파, 그리고
로터리 히터가 놓여 있다.

한국에선 점차 사용이 줄고 있는 경유 난로이다.

"여기서 잠시만 기다리십시오."

딱—! 화르륵, 화르르륵!

스위치를 눌러 로터리 히터를 가동시킨 피메노프는 밖으
로 나갔다. 브레첸코와 운전자는 주차하느라 따라오지 않아
컨테이너 안에는 테리나와 둘만 남았다.

"춥지?"

"아뇨. 항온의류를 입었잖아요."

"구두는 아니잖아."

차에서 내려 컨테이너까지 오는 동안 백 발자국도 걷지 않
았다. 그럼에도 냉기 때문에 발이 시리다.

해가 떨어짐과 동시에 냉기가 엄습했다. 게다가 투피스에

걸맞은 힐을 신었는데 보온력이 빵점이다.

"벗어봐."

"네에."

테리나는 순순히 구두를 벗는다. 현수가 괜히 벗으라 하지는 않았을 것이기 때문이다.

의자에 걸터앉는 테리나 앞에 쪼그려 앉은 현수는 가방 속에서 항온마법진을 꺼내 구두의 깔창 아래에 넣었다.

"액티베이션(Activation)."

활성화 마법이 구현되자 차가웠던 구두가 금방 미지근해진다. 마법인지라 열전도나 복사 같은 과학 법칙이 적용되지 않기 때문이다.

현수가 구두를 건네자 테리나가 예쁜 발을 밀어 넣는다. 스타킹을 신었지만 추운 듯 보인다. 마음 같아선 항온마법진을 넣어주고 싶지만 그럴 수는 없다. 스타킹을 벗으라고는 할 수 없기 때문이다. 자칫 오해의 소지가 있다. 잘못되면 변태로 지목될 수도 있다.

"어때? 조금 괜찮아졌어?"

"…네에, 고마워요."

테리나가 고개를 끄덕인다.

방금 전까지만 해도 발이 시릴 정도의 냉기가 느껴졌다. 엄동설한의 밖은 아니지만 응접용 컨테이너는 전혀 난방이 되지 않아 냉방이나 다름없기 때문이다.

그런데 지금은 그러하지 않다. 마치 두툼한 방한화를 신은 듯 전혀 냉기를 느낄 수 없다. 아주 얇은 무언가를 깔창 아래에 넣은 것뿐인데 이러하니 신기했지만 묻지 않았다.

괜히 현수를 불편하게 할 수도 있음을 짐작하기에 번거로운 일을 만들지 않으려는 의도이다.

"다행이군. 스타킹도 벗어서 주면……."

저도 모르게 한 말이다.

"네에?"

"아, 아냐, 아무것도. 험험!"

현수는 말실수한 것을 깨닫고는 분위기 전환용 헛기침을 터뜨렸다. 때맞춰 컨테이너의 문이 열렸다.

CHAPTER 02
시베리아의 깊은 밤

벌컥―!

"아이고, 이거 죄송합니다. 처음 뵙습니다. 측량 1팀 팀장 빅토르 안드레이노프입니다. 찾아주셔서 영광입니다."

"네, 반갑습니다. 김현수입니다."

"그냥 빅토르라 불러주십시오."

"네?"

"자치령의 주인이시니 그냥 편히 부르시라는 뜻입니다."

"아, 네. 그러지요, 빅토르."

"자, 일단 앉으세요. 근데⋯⋯?"

"아! 테리나는 이실리프 그룹의 법률자문을 맡고 있는 변호사입니다. 인사하시죠."

"아, 그러십니까? 빅토르 안드레이노프입니다."

"네, 예카테리나 일리치 브레즈네프입니다."

둘은 서로의 명함을 주고받았다. 이때 현수가 끼어들었다.

"테리나는 전 서기장이신 레오니트 브레즈네프 님의 증손녀입니다."

"아, 그러십니까?"

안드레이노프가 새삼스런 눈으로 테리나를 바라본다.

베이지색 투피스를 걸친 이 늘씬하고 아름다운 여인이 고리타분한 법률 서적이나 뒤적이는 변호사라는 것이 믿어지지 않아서이다.

처음 테리나를 보았을 때 재벌 곁에서 알짱거리다 운 좋게 눈에 든 블론디(Blondie)로 생각했다.

다시 말해 현수의 애인 내지는 엔조이 상대로 봤다.

대부분의 사람이 금발미녀는 머리가 나쁘고 게으르며 이기적이라고 생각하기에 안드레이노프 역시 그렇게 여기고 있었던 것이다.

현수의 소개가 없었다면 고급 콜걸 대접을 했을지도 모른다. 그것은 대단한 실례이니 이래서 선입견이 중요한 것이다.

"이곳에서 하는 일에 대한 브리핑을 받고 싶군요."

"…여기서 잠시만 기다려 주시겠습니까? 준비해서 다시 오 겠습니다."

"그러세요."

안드레이노프가 물러난 후 현수는 컨테이너 내부를 훑어 보았다. 그러다 가방에서 항온마법진을 꺼내 컨테이너 벽에 부착시켰다.

눈에 뜨이면 안 되기에 퍼펙트 트랜스페어런시 마법까지 걸었다. 테리나는 브리핑 받을 때 메모하기 위해 다이어리 등 을 꺼내느라 이 모습을 보지 못하였다.

어쨌거나 항온마법진이 시야에서 사라짐과 동시에 마법이 이루어졌다. 방금 전까지만 해도 입김이 나올 정도로 차갑던 공기가 순식간에 따뜻해진다.

이제부터 이곳은 늘 25℃를 유지하게 될 것이다.

이때 다시 문이 열리고 피메노프가 고개를 들이민다.

"회장님, 이곳에서 주무시고 가실 거죠?"

"아무래도 그래야겠죠?"

가려면 갈 수는 있겠지만 가로등도 없는 길을 밤새워서 운 전하라는 건 아무래도 무리일 것이다.

"그런데 침실로 쓰실 컨테이너가 두 개밖에 남아 있지 않 은데 어쩌죠?"

브레첸코와 운전자인 루슬란, 그리고 현수는 사내이고 테리나만 여자이다. 사내 셋이 같이 자고 테리나만 쓰라고 하면 될 듯하다.

그런데 생각해 보니 브레첸코와 루슬란이 몹시 불편해할 것 같다. 하늘같은 보스와 어찌 한 방을 쓰고 싶겠는가.

"침대는 어떤 걸 쓰죠? 침구는요?"

"야전침대를 쓰는데 그냥 자면 냉기가 올라와서 침낭 하나를 깔고 그 위에서 침낭 속에 들어가서 잡니다. 난방을 할 수 없거든요."

난로를 켜면 컨테이너의 산소 농도를 떨어뜨린다.

그렇기에 난로로 실내 기온을 어느 정도 올려놓으면 잠시 환기한 후 끈다는 뜻이다.

어쨌거나 야전용은 1인용 침대이다. 둘이 올라가서 자기엔 너무나 불편하다. 그렇다면 한 방을 써도 괜찮을 것 같다. 하여 대답을 하려는데 테리나가 먼저 입을 연다.

"제가 회장님과 한 방을 쓰죠."

"……!"

"알겠습니다. 그렇게 알고 준비하겠습니다. 조금 불편하실 겁니다."

피메노프가 예상했던 대답이다. 테리나를 현수의 여인으로 오해하고 있기 때문이다.

"그러죠. 참 사인해 달라고 했죠? 잠시만요."

현수는 가방 속에서 종이를 꺼내 피메노프를 만나서 반가 웠으며 내내 행복하라고 쓰고 사인해서 건넸다.

"오오! 감사합니다. 감사합니다."

피메노프는 신이 나서 나갔다. 잠시 후 안드레이노프가 서 류들을 들고 들어온다. 그리곤 곧바로 브리핑이 시작되었다.

약 10만㎢에 달하는 자치령 전체에 대한 측량을 해야 하기 에 측량팀은 40개가 파견되었다.

각각의 팀은 2,500㎢를 측량하는 데 팀당 측량기사 80명씩 이 배속되었다. 4인 1조이니 20개 조가 125㎢씩 책임을 지는 것이다.

각 팀에는 지원조가 있는데 총원 20명이 식사와 세탁, 의 료, 운송, 서류 업무 등을 지원한다.

팀당 100명이니 4,000명이 측량 작업에 동원된 것이다.

현재 약 50% 정도 진척되었으며 3~4개월 후면 작업이 일 단락될 예정이다.

"이상으로 브리핑을 마칩니다. 궁금하신 게 있으십니까?"

"팀원들이 측량하러 나갈 때 매번 차량을 이용합니까?"

"네, 아까 보신 차들이 동원되지요."

"도로도 없는 곳이 많을 텐데 헬기 지원을 받는 것은 어떻 습니까?"

안드레이노프는 정말 몰라서 묻느냐는 표정이다. 하지만

대꾸하지 않을 수는 없다.

"헬기가 있으면 기동성은 나아지겠지요. 그런데 20개 조가 모두 쓰려면 헬기가 20대는 있어야 합니다."

"아! 알겠습니다."

유리 파블류첸코와 안드레이 자고예프는 비용을 생각했을 것이다. 측량 작업에 헬기를 투입하려면 총 800대가 필요하다. 과한 비용이 들기에 이렇게 한 듯싶다.

현수가 고개를 끄덕이자 안드레이노프는 준비한 서류를 주섬주섬 정리한다.

"그래도 팀당 한 대 정도는 있어야 합니다. 통신·사정도 좋지 않으니 차량만으론 일이 있을 때 즉각적인 조치를 취할 수 없으니까요."

말을 마친 현수는 테리나에게 시선을 돌렸다.

"테리나, 모스크바에 연락하여 팀당 한 대씩 헬기를 지원하라고 지시해."

"네, 회장님."

테리나는 얼른 메모를 하곤 위성통신 장비를 꺼냈다. 이곳으로 출발하기 전 유리 파블류첸코가 챙겨준 것이다.

테리나는 통화하기 위해 컨테이너 밖으로 나갔다.

"헬기를 지원해 주신다니 정말 고맙습니다. 요긴하게 잘 쓰겠습니다."

안드레이노프는 진심을 담아 고개를 숙인다. 자치령은 자연 그대로인 곳이 대부분이다. 그래서 불편한 것이 많다.

화장실의 휴지가 떨어지면 그걸 사러 네르친스크까지 가야 한다. 왕복하면 열 시간도 넘게 걸린다.

가급적 한꺼번에 몰아서 사오려고 하지만 꼭 한두 가지를 놓치는데 그것 때문에 마음이 불편했다.

그런데 헬기를 지원해 준다니 마음이 편하다. 하여 진심을 담아 고개를 숙인 것이다.

"참, 저녁 준비가 다 되었을 겁니다. 가시죠."

"그럴까요?"

어차피 먹어야 할 저녁이고 주변엔 음식 파는 곳이 없다. 직접 해먹을 게 아니라면 당연히 따라나서야 한다.

식당으로 쓰는 컨테이너는 두 개를 붙여서 하나로 튼 것이다. 가운데 기다란 식탁을 놓고 마주 앉아 먹을 수 있도록 해놓았다.

"저녁 메뉴는 스튜입니다. 회장님이 오셔서 고기를 조금 더 넣으라 했지요. 입에 맞으실 겁니다."

안드레이노프의 안내를 받아 자리에 앉으니 김이 무럭무럭 나는 스튜를 내온다.

스튜는 큼직하게 썬 고기를 버터로 볶다가 양파, 감자, 당근 등을 차례로 넣어 볶은 뒤 잠길 정도로 물을 부어 푹 끓여 양념하는 것이다.

쇠고기를 쓰면 비프스튜라 하고 채소이면 베지터블스튜, 닭고기면 치킨스튜라 한다.

그럴듯한 냄새에 한입 떠서 먹어보니 상당히 맛이 괜찮다. 하여 맛을 음미하며 열심히 먹었다.

테리나의 입에도 맞는지 아무 소리 없이 잘 먹는다.

식사를 마친 현수는 여전히 먹고 있는 안드레이노프에게 말을 걸었다.

"잘 먹었습니다. 그런데 고기가 좀 적군요. 더 넣으라 했는데 뺀 모양입니다."

"아, 그게… 사실은……."

모스크바에서 배정한 식재료비는 부족하지 않을 정도이다.

그럼에도 평상시에 다소 멀건 스튜를 먹는 이유는 식비를 아끼기 위함이다.

이실리프 그룹에서 측량팀원에게 지급하는 급여는 러시아 최고 수준이다. 현수가 그렇게 하라 지시한 결과이다.

아무것도 없는 오지에서 근무해야 하니 그만한 배려가 있어야 하기에 내린 조치이다.

그런데 측량은 일정 기간이 지나면 끝난다. 일종의 계약직인 셈이다. 팀원들은 돈을 벌 수 있을 때 최대한 벌어야 하기에 팀에 배정된 비용을 가급적 절약하기로 했다.

그리고 나눠 갖기로 한 것이다.

설명을 들은 현수는 안드레이노프를 바라보았다. 양심적이면서 솔직하고 통솔력도 있는 사람 같다.

주차장에 세워진 자동차들, 응접용 컨테이너의 정돈 상태, 그리고 피메노프 등 팀원들이 바라보는 시선 등을 종합해서 내린 판단이다.

"식비는 아끼지 마십시오. 건강을 잃으면 모든 것을 잃는 것이니까요."

"알겠습니다. 시정하겠습니다."

회사에서 지원해 준 돈을 나눠 갖기로 한 것이 마음에 걸리는 듯하다.

이때 현수는 테리나에게 시선을 돌렸다.

"테리나, 그거."

"네, 여기 있어요."

테리나가 꺼낸 건 하얀 봉투이다. 겉에는 러시아어로 '열심히 일해주셔서 고맙습니다'라고 쓰여 있다.

안에는 5,000루블짜리 지폐 400장이 들어 있다. 200만 루블이니 한화로 환산하면 5,000만 원가량 된다.

100명이 나눠 가져야 하니 1인당 2,000루블을 격려금으로 준비한 것이다.

그런데 러시아 평균 급여는 월 1,500루블이다. 따라서 일인당 2,000루블이면 결코 적은 금액이 아니다.

"이거 받으십시오. 애써주시는 것에 대한 제 마음입니다. 직원들과 나눠 쓰십시오."

"아! 감사합니다. 고맙게 쓰겠습니다."

봉투를 받은 안드레이노프가 고개를 숙여 예를 갖춘다. 곁에서 식사하던 팀원들은 눈빛을 빛낸다.

러시아에는 금일봉이라는 개념이 없다.

구소련 시절엔 높은 사람이 시찰을 나오면 아랫사람들이 돈을 모아 상납했다. 그렇기에 다소 신선하다는 느낌을 받는 듯 현수를 바라보다.

식사를 마치곤 침실용 컨테이너로 안내되었다. 워낙 추운 곳인지라 화장실용과 샤워용도 별도로 있다.

"그럼 편히 쉬십시오."

안드레이노프는 깍듯이 허리를 접는다.

봉투의 두께로 미루어 짐작컨대 적으면 500루블짜리, 많으면 1,000루블짜리 400장일 것이라 생각했다.

많아도 40만 루블이라 생각하고 열어보았는데 무려 200만 루블이 담겨 있었다.

안드레이노프와 피메로프 등은 평상시엔 접하기조차 어려운 5,000루블짜리 새 지폐를 멍한 표정으로 바라보았다.

꿈인지 생시인지 혼동될 지경이다.

일인당 2,000루블씩 하사했다는 소식이 전해지자 베이스 캠프 곳곳에서 환호성이 터져 나왔다.

식재료비를 아껴 일인당 더 받는 돈이 월 120루블 정도 된다. 난방비를 아껴서 받는 돈은 90루블이고 진행비를 아낀 건 80루블이다.

이 밖에 다른 소소한 비용을 아껴 한 달에 300루블을 가욋돈으로 받았다. 한화로 약 3,500원이다.

이러니 환호성이 터져 나올 만하다. 이쯤 되면 사기 진작은 제대로 된 듯하다.

"다들 기분이 좋은가 봐요."

테리나의 얼굴에 미소가 어려 있다. 모두가 즐거워하니 본인도 기분이 좋은 듯하다.

현수는 새 침낭을 펼쳐 야전침대 위에 펼쳐놓곤 걸터앉았다. 바깥은 깜깜하지만 아직 잘잘 시각은 아니다.

"거기서 자면 불편하지 않겠어?"

불편하지 않겠느냐고 물은 게 아니라 불편할 것이라 단정하는 말이다. 하긴 테리나처럼 곱게 자란 여인이 언제 야전침대에서 자봤겠는가.

"괜찮아요. 오늘 하루잖아요."

하루 정도라면 기꺼이 불편함을 감수하겠다는 듯 환히 웃으며 침낭을 정리한다.

현수는 따로 생각하는 바가 있기에 어쩌면 오늘처럼 야전 침대에서 자는 일이 하루에 끝나지 않을 수도 있다.

하지만 벌써부터 티를 내선 안 된다.

불편한 잠자리를 계속 경험해야 한다고 하면 돌아가겠다는 말이 나올 법하기 때문이다.

"근데 식사는 어땠어? 부족하진 않았어?"

저녁 식사를 할 때 절세미녀가 등장하자 사내들의 시선이 집중되었다. 테리나가 스튜를 입에 넣고 오물거리는 모습을 보고 모두가 넋 나간 표정을 지었다.

여자를 본 지 오래되어서 그렇고, 테리나가 워낙 예뻐서 그랬을 것이다. 이런 시선을 받으며 어찌 양껏 먹었겠는가!

현수가 보니 테리나는 깨작거리다 말았다. 지금은 괜찮지만 조금만 지나면 배가 고플 것이다.

"조금… 너무 노골적으로 바라봐서 먹는 게 불편했어요."

테리나는 가식 떨지 않고 있는 그대로 털어놓는다. 왠지 현수에겐 그래야 할 것 같아서이다.

"그럼 간식 좀 만들어줄까?"

"여기서요?"

"응. 난 마법사야. 여기서도 음식 만드는 거 가능해."

짐짓 아무렇지도 않은 듯 말을 꺼내자 테리나가 피식 웃는다.

"치잇! 세상의 마법사가 다 죽으면 자기야가 마법사라는 거 믿을게요."

"맞다. 세상의 마법사 다 죽었다. 이제 이 세상에 하나밖에
없는 마법사가 되었으니 테리나를 위한 음식을 만들어도 되
겠어? 하하하!"

"치잇! 또 놀리시려고. 좋아요. 어디 한번 해보세요."

"좋아. 뭐가 먹고 싶은데?"

"으음, 한국에서 맛본 양념통닭이요."

서방의 통닭과 달리 한국의 통닭은 매콤하면서도 달달하
고 고소하다.

그래서 한국에 머무는 동안 종류별로 통닭을 즐겼다.

너무나 맛있어서 항상 과식할 정도였다. 쉬리엔이 없었다
면 진즉에 뚱뚱한 돼지처럼 되었을 것이다.

하여 테리나는 먹으면서도 늘 현수 생각을 했다.

이처럼 마음껏 먹으면서도 날씬한 몸매를 유지할 수 있는
것이 누구의 덕인지 알기 때문이다.

"양념통닭? 알았어. 잠시만 기다려."

"정말… 여기서 그걸 만들 수 있는 거예요?"

현수의 자신 있는 표정을 본 테리나는 고개를 갸웃거린다.

양념통닭을 만드는 것이 결코 쉬운 일이 아닐 것이기 때문
이다. 식재료뿐만 아니라 조리 기구까지 모두 갖춰져야 하는
데 이 컨테이너엔 그런 게 하나도 없기 때문이다.

"여기선 조금 그렇겠지? 곧 자야 하는데 냄새 풍길 수 없으니까. 기다려. 내가 주방에 가서 후딱 만들어 올게."

"에고, 그럼 그렇지요. 그러세요. 다녀오세요."

테리나가 순순히 고개를 끄덕인 이유는 현수 없는 동안 샤워를 할 생각이기 때문이다.

테리나가 샤워 용품을 챙겨 나간 후 현수는 적당한 곳을 물색하여 항온마법진을 설치했다.

난로를 끄면 컨테이너의 내부 온도는 금방 코끝이 시릴 만큼 내려갈 것이다. 침낭을 쓰지만 이렇듯 추운 곳에서 잠을 자는 것은 건강에 좋지 못하다.

사람은 의외로 예민하기 때문에 체온이 1℃만 오르거나 내려가도 몸의 균형이 무너질 수 있다.

겨울에 노인 사망률이 높고 일반 질병도 많은 것이 바로 저체온에서 오는 면역력 저하 때문이다.

이처럼 면역력이 떨어지게 되면 입이 한쪽으로 비틀어지는 바이러스로 기인한 구안와사에 걸릴 확률도 높아진다.

현수 본인은 북극에서 자도 상관이 없지만 테리나는 평범한 사람이다. 그렇기에 배려해 준 것이다.

컨테이너를 나온 현수는 주방으로 갔다. 주방 식구들은 두둑한 보너스를 준 현수에게 지극히 협조적이었다.

그렇기에 요구하는 모든 식재료를 아낌없이 꺼내놓았다.

그런데 몇 가지 빠진 것이 있다.

고추장, 올리고당, 맛술, 녹말가루, 진간장, 땅콩 가루이다.

이것이 없으면 제대로 된 양념통닭의 맛을 낼 수 없다.

재료야 아공간에 있으니 꺼내서 쓰면 되는데 모두가 그에게 시선을 모으고 있다. 모스크바에서 온 높은 사람이 대체 무엇을 만드는지 궁금한 것이다.

어떻게 해야 하나 고민하고 있는데 안드레이노프가 부르자 모두 물러갔다. 현수가 준 금일봉을 모두에게 나눠 준다니 얼씨구나 하며 우르르 몰려간 것이다.

주방에 홀로 남게 된 현수는 현란한 솜씨로 양념통닭을 만들기 시작했다. 아공간에 있는 재료까지 꺼내 상당히 많은 양을 튀겨냈다. 저녁 식사를 마친 지 얼마 안 되지만 한국식 양념통닭 맛을 보여주고 싶은 때문이다.

잘 튀긴 닭을 기름기를 뺀 뒤 맛깔난 양념과 버무렸다. 침이 절로 솟을 만큼 고소한 냄새가 난다.

식으면 맛이 덜하기에 슬쩍 항온마법을 구현시켰다.

100인분의 양념통닭을 다 만들었을 즈음 주방 식구들이 돌아왔다. 별로 긴 시간도 아니었는데 상당히 많은 양이 완성되어 있자 다들 놀라는 표정이다.

"하는 김에 많이 만들었습니다. 제가 손이 좀 크거든요. 하하! 안주 삼아 먹으라 하십시오."

술 좋아하는 러시아 사람들이지만 현수가 있기에 아무도 음주를 하지 않았다. 밉보이면 손해이기 때문이다.

현수는 1인분의 양념통닭을 챙겨 컨테이너로 향했다.

그러는 사이에 식당으로 쓰는 컨테이너로 사람들이 몰려들었다. 양념통닭 냄새가 자극한 때문이다.

곧이어 한바탕 잔치가 벌어졌다. 따끈한 양념통닭은 차가운 보드카와 조화를 이루는 안주였기 때문이다.

"어머, 정말이네요?"

현수가 가져온 양념통닭을 본 테리나가 눈을 크게 뜬다.

정말 한국에서 먹던 것과 똑같은 비주얼을 지닌 게 눈앞에 있기 때문이다.

"맛있을 거야. 먹어봐."

포크를 건네주자 서둘러 자리에 앉은 테리나는 쿡 찍어서 맛을 본다.

"흐음! 마시쪄요. 정말 마시쪄요."

입속에 음식이 있기에 귀여운 발음을 낸다.

"많이 먹어."

"치, 저 혼자 먹고 돼지 되라고요? 자기얀 안 먹어요? 그리고 시원한 맥주 혹시 없어요?"

"없긴 왜 없겠어. 잠시만."

현수는 컨테이너 바깥에 두었던 캔맥주 한 팩을 들고 들어왔다. 시베리아의 차가운 공기로 냉각된 것이다.

딱ㅡ! 치익ㅡ!

"자, 마셔."

"호호! 고마워요."

테리나는 얌전빼지 않고 맥주를 한 모금 들이켠다. 그리곤 양념통닭을 우적우적 씹어 삼킨다.

정말 맛있게 먹는다.

"참, 샐러드 좀 만들어 올까?"

말만 떨어지면 그 즉시 자리에서 일어서는 현수를 본 테리나가 손을 휘젓는다.

"아니에요. 이것만 있으면 충분해요. 그리고 자기야도 먹어요. 나 혼자 먹게 하고 나중에 돼지처럼 먹었다고 흉볼 거아니라면요."

"그럼 그럴까?"

현수 역시 포크를 들고 한입 베어 물었다. 본인이 만든 것이지만 손맛이 있어 그런지 맛이 괜찮다.

"치잇! 이 닭고 왔는데 또 닭아야겠네요. 근데 맛있으니까 용서해 줄게요. 호호!"

말을 마치곤 캔을 들어 한 모금 마신다.

"캬아~! 시원해요."

"……!"

한 모금 들이켜곤 손으로 턱을 닦는다. 한 방울쯤 흐르는 느낌이었나 보다.

그리곤 다시 포크를 드는데 뭔가 이상하다. 하여 시선을 들어보니 테리나의 윗입술에 맥주 거품이 묻어 있다.

어떤 걸 찍어 먹을까 바라보고 있는 모습이 너무도 섹시하다. 드라마에서 본 바로 그 장면이 재현된 것이다.

현수는 순식간에 형성되는 케미[1]를 느끼곤 흠칫거렸다. 하마터면 영화나 드라마에서처럼 저도 모르게 키스할 뻔했다는 것을 깨달은 때문이다.

"왜요?"

영문을 모르겠다는 듯 바라보는 테리나의 눈빛이 별빛처럼 영롱했다.

청순, 우아, 섹시, 교양, 요염이 어우러진 빛이다. 그야말로 순식간에 또 한 번의 케미가 엄습한다.

현수는 얼른 물러앉았다. 사고 칠까 두려운 때문이다.

"잠자리 좀 보려구. 근데 불편하지 않겠어?"

"야전침대가 조금 좁기는 해요. 저 잠버릇 험한데 자다가 굴러 떨어지면 어쩌죠?"

"흐음! 매트리스를 얻어올까?"

"어머! 매트리스가 있대요? 사이즈가 어떻게 되는데요?

---

1) 케미(Chemi) : 미디어 속 남녀 주인공이 현실에서도 잘 어울리는 것을 상징하는 신조어.

더블? 퀸?"

싱글은 바라지도 않는다는 표정이다.

"싱글일걸, 아마? 여긴 부부나 커플이 없잖아."

"…더블 이상이면 얻어오세요."

아예 함께 있고 싶다고 속내를 드러낸다. 그런데 어찌 동침
할 수 있단 말인가!

"알았어. 가보고 올게."

컨테이너 밖으로 나온 현수는 아공간에서 매트리스를 꺼
냈다. 1,180㎜×2,242㎜짜리 수퍼싱글이다.

잠시 기다렸다 문을 열고 매트리스를 들여놓자 테리나는
얼른 한쪽으로 물러난다. 야전침대 위에 매트리스를 올려놓
기 쉽도록 피해준 것이다.

준비되어 있는 야전침대는 640㎜×1,900㎜짜리이다.

매트리스의 폭이 거의 두 배에 가까워 조금만 옆으로 누우
면 떨어지게 생겼다.

"그거 더블이에요?"

일반적으로 매트리스의 싱글 사이즈는 1,000㎜×2,000㎜이
고 더블은 1,350㎜×2,000㎜이다.

수퍼싱글은 싱글보다 18㎝ 폭이 넓고 더블보다는 17㎝가
작으니 눈대중으론 구별하기 어려운 모양이다.

"아니. 싱글. 근데 좀 크네. 싱글이 이렇게 큰 거였나? 그나

저나 어쩌지? 이거 하나뿐이라 다른 걸로 바꿔달라고 할 수도
없는데."

더블을 요구할까 싶어 한 말이다.

"야전침대 폭이 좁아서 두 개를 붙여야 할 거 같은데요."

"…그렇겠지?"

아니라고 할 수 없는 상황이다.

"두 개를 붙여요. 각각 침낭 속에서 자면 되잖아요."

"그럼 그럴까?"

야전침대를 붙이고 매트리스를 올려놓았다. 침낭 두 개를
펼쳐 요처럼 겹쳐 깔고 침낭 두 개를 올려놓았다.

"베개가 없네."

"그건 없어도 되요. 근데 지금 주무실 거예요? 전 좀 피곤
한데……."

모스크바에서 자가용 제트기를 타고 네르친스크까지 온
뒤 그곳으로부터 여기까지 자동차를 타고 여러 시간 왔다.

본인이 조종이나 운전을 한 것은 아니지만 피곤할 것이다.

"응? 아, 아니. 난 바람 좀 쐬고 올게."

"밖에 추워요."

"알아. 그래도 온 김에 시베리아의 밤하늘을 조금 감상
하려고."

"그러세요. 그럼 추우니까 너무 오래 계시진 말고요."

"그래. 먼저 자."

말을 마친 현수가 바깥으로 나가려는데 테리나의 나직한 음성이 들린다.

"으윽! 냄새……."

"왜?"

"침낭에서 냄새가 나요. 으윽! 비린내."

테리나가 진저리를 친다. 대체 어떻기에 그런가 싶어 냄새를 맡아보니 진짜 비린내가 심하다.

"내가 이불하고 요 있나 알아보고 올게."

"부탁드려요."

테리나는 잠옷 위에 가운만 걸치고 있다.

엄동설한이라 바깥으로 나가기엔 무리가 있는 차림이다. 그렇기에 염치를 무릅쓴 것이다.

"알았어. 기다려. 근데 있나 모르겠네."

있을 리가 없다. 침낭을 줄 때 여기선 이것만 사용한다는 말을 분명히 한 때문이다.

현수는 아공간에서 패드와 이불을 꺼냈다.

두툼한 겨울용 극세사 순면 패드와 구스다운 이불이다. 푹신한 베개도 꺼냈다.

벌컥—!

문을 열자 테리나의 시선이 몰린다.

"벌써 구해오셨어요? 어머, 구스다운 이불과 베개네요. 그런데 있으면서 왜 진즉 안 줬대요?"

흡족한 듯 환한 미소를 짓는다.

"먼저 자."

패드를 깔아주고 일어서자 테리나가 환히 웃으며 고개를 끄덕인다.

"너무 오래 계시진 마세요. 저 혼자 자면 무서울 수 있으니까요."

말도 안 되는 이야기다. 테리나는 하버드대학 로스쿨을 다니는 내내 혼자 생활했다.

미모를 탐낸 수많은 사내가 파리 꾀듯 꼬여듦에도 꿋꿋이 혼자 잤다.

그러니 무섭다는 말은 뻥이다.

어쨌거나 현수는 밖으로 나왔다. 문을 닫는 순간 뇌리를 스치는 생각이 있다.

"아차! 쩝, 혼자 자야 하나?"

생각해 보니 패드와 이불 모두 더블 사이즈다.

생각보다 매트리스가 컸기에 저도 모르게 거기에 맞춘다 생각하고 꺼낸 것이다.

다른 것으로 바꿔줄 수도 없는 상황이니 고개만 저었다. 오늘 밤 할 일이 많을 수도 있기 때문이다.

식당 쪽을 보니 측량팀 모두가 모여 한바탕 회식을 하는 중이다. 현수가 만들어준 양념통닭이 만든 자리이다.

"플라이!"

문을 열고 나갈 수 없었기에 2층으로 쌓은 컨테이너를 넘어 바깥으로 나갔다.

자작나무 사이를 스친 싸늘한 바람이 온몸을 휩쓸었지만 현수는 이미 한서불침인 몸인지라 영향을 끼치지 못한다.

기왕에 나온 김에 조금 더 이동했다. 가까이 있는 언덕 위로 올라간 것이다.

베이스캠프는 시냇물에서 멀지 않은 평원에 자리 잡고 있다. 물이 필요한 때문일 것이다.

언덕에 올라 사방을 살펴보니 사방이 평원이다.

"아리아니!"

"네, 주인님."

아까부터 현수 주위를 날고 있던 아리아니가 얼른 어깨 위에 내려앉는다.

"실라디아와 노에디아 좀 불러줄래?"

"네, 주인님!"

잠시 시간이 흐르자 부드러운 바람이 현수의 머릿결을 흐트러뜨린다.

"마스터, 실라디아입니다. 저를 찾으셨사옵니까?"

"마스터의 명을 받잡고자 노에디아 대령하였사옵니다."

"노에디아, 말투가 왜 그래?"

"제 말투가 이상하옵니까? 엘리디아가 말하길 무릇 사내는 사극 투로 말을 하여야 멋지다 하여 바꾸었사옵니다."

"끄응!"

그렇지 않아도 사극 투가 어색했는데 모두가 그럴 모양이다. 그런데 지금은 말투가 중요한 것이 아니다.

"실라디아, 지도 볼 줄 알지?"

"그럼요, 마스터. 잘 알고 있사옵니다."

오랜 세월 동안 인간의 발전을 지켜봤기에 실라디아 등은 아르센 대륙의 정령들과 달라 편하다.

"좋아, 라이트!"

현수의 말이 떨어지기 무섭게 환한 광구 하나가 허공에서 생성된다. 약 200W쯤 되는지라 상당히 밝다.

현수는 아공간에 넣어두었던 러시아 지도를 꺼냈다. 유리 파블류첸코가 준비해 준 지도는 상당히 정밀했다.

"여기 이 지도를 봐. 우리는 지금 여기쯤 있어."

"네, 마스터!"

실라디아는 현수가 손으로 짚은 곳을 살핀다.

"여기 붉은색 실선 보이지?"

"그럼요!"

"이 실선 안이 내가 다스리게 될 땅이야."

"그럼 전하가 되신 것이옵니까?"

"전하? 그래, 뭐 그쯤 되는 거 맞아."

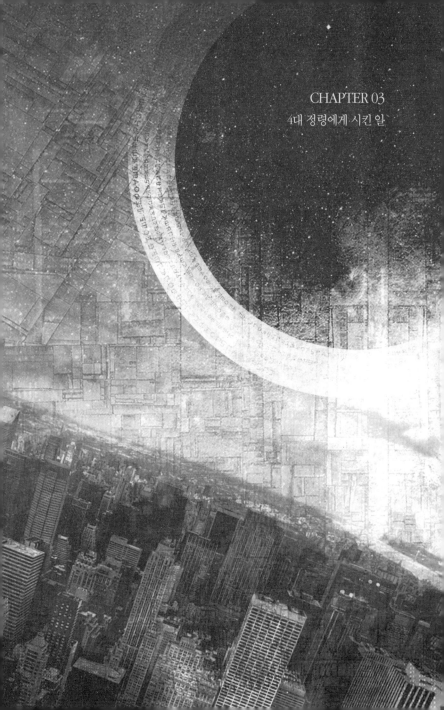

# CHAPTER 03
### 4대 정령에게 시킨 일

"감축드리옵니다, 전하! 신 실라디아, 전하의 국가가 대대
손손 창달하도록 충심을 다하겠나이다."

곁에 있는 노에디아 역시 거든다.

"신 노에디아도 전하의 나라가 나날이 발전하도록 온 힘을
기울여 보필하겠나이다. 신을 중히 써주시옵소서."

"끄웅! 노에디아 너까지……?"

"물론이옵니다. 신의 힘이 미치는 한 전하의 뜻에 따라 전
하의 나라가 일신우일신하도록 애쓰겠나이다."

'에구, 말을 말자.'

현수는 고개를 좌우로 저었다. 둘 다 정색하고 하는 말인지라 왠지 어색한 때문이다.

　"실라디아, 나는 이보다 훨씬 정밀한 지도가 필요해. 지난번처럼 해줄 수 있겠어?"

　"전하께서 명만 내리시면 당연히 해야지요. 신은 전하를 보필하게 되어 무상의 영광이옵니다."

　"그래, 하는 김에 하나 더."

　"말씀만 하시옵소서."

　"바람이 많이 부는 곳을 체크해 줘."

　실라디아는 고개를 갸웃거린다. 바람은 언제든지 만들어낼 능력자이기 때문이다.

　"자연적으로 바람이 많이 부는 곳이 있을 거야. 거기에 풍력발전기를 설치할 거라 그래. 이걸 보면 알겠어?"

　노트북으로 풍력발전기 사진을 보여주자 고개를 끄덕인다.

　"날개 셋 달려 뺑뺑 도는 이게 발전기인지요?"

　본 적은 있는데 그게 뭘 하는 건지는 몰랐다는 뜻이다.

　"그래, 인간은 그걸로 전기를 만들어내. 그러니까 바람이 많이 부는 곳을 찾아봐 줘."

　"알겠사옵니다. 전하의 명을 따르옵니다."

　"고마워. 부탁할게. 가급적 빨리 해줘."

　"네, 그럼 곧바로 시작하겠습니다."

"그래."

말 떨어지기 무섭게 실라디아의 투명한 동체가 하늘로 솟아오른다. 잠시 이를 지켜보던 현수는 공손히 기다리고 있는 땅의 최상급 정령에게 시선을 돌렸다.

"노에디아, 너는 내 영토를 두루 다니면서 어디에 어떤 자원이 얼마나 있는지를 조사해 줘."

"자원이라면 어떤 것을 말씀하시는 것이옵니까?"

"금, 은, 구리, 철, 석유, 가스 등이지."

"그것만 찾아보면 되옵니까?"

노에디아는 별로 어려운 일이 아니라는 표정이다.

"그것뿐만 아니라 란탄(Lanthanum), 세륨(Cerium), 에르븀(Erbium), 디스프로슘(Dysprosium) 같은 것들도 찾아봐."

"라, 란탄이라고요? 세륨은 뭐고 에르븀과 디스프로슘은 또 무엇이옵니까? 설명해 주옵소서."

노에디아는 생전 처음 듣는 말이라는 듯 살짝 당황한 표정이다. 이에 현수는 희토류(Rare earth resources, 稀土類)에 대한 설명을 시작하였다.

"그건 말이지, 광물의 한 종류로 원자번호 57~71에 배열되어 있는 거야. 미량으로 존재하는 원소들이어서 '희토류'라는 이름이 붙은 거지."

"마스터, 너무 어렵사옵니다."

하긴 정령이 어찌 원자번호 같은 것을 알겠는가! 하여 정령이 알아들을 수 있는 수준으로 다시 설명했다.

대개 은백색, 또는 회색의 금속으로 화학적으로 안정적이고 열을 잘 전달하는 특성이 있다는 것부터 시작하였다.

말로 하는 설명만으로는 부족하여 노트북을 꺼내 일일이 사진까지 보여주었다.

노에디아는 알았다는 뜻으로 고개를 끄덕이기는 했지만 자신 없는 표정이다. 이런 것에 대한 학습이 전혀 되어 있지 않으니 당연한 일이다.

현수는 나중에 희토류 원석을 구해 실물을 보여줘야겠다고 생각하고 이를 다이어리에 메모해 두었다. 최첨단 산업에서 아주 유용하게 쓰이는 물질이기에 꼭 확보해야 하기 때문이다.

"아무튼 출발해. 나중에 내가 실물을 보여줄 테니 희토류는 다음에 찾고."

"네, 전하의 명을 따르옵니다. 그럼……."

노에디아의 동체가 땅속으로 스며든다.

"아리아니, 이번엔 엘리디아와 이그드리아를 불러줄래?"

"네, 주인님!"

뭔가 중요한 일을 한다는 걸 알았는지 아리아니는 찍소리 않는다.

"마스터, 부르심을 받잡고 엘리디아 대령하였사옵니다."

사극 투의 원흉이다. 그런데 너무나 예쁜데다 발가벗은 몸이라서 뭐라 야단을 칠 수가 없다. '억울하옵니다' 하면서 허리라도 숙이면 못 볼 것을 보게 되기 때문이다.

"이그드리아도 마스터의 부르심을 받았사옵니다."

'아주 단체로 사극을 찍기로 한 모양이네. 그래, 차라리 통일하는 게 낫다. 언젠가는 적응이 되겠지.'

현수는 고개를 설레설레 흔들었다.

"엘리디아, 지도 볼 줄 알지?"

"그럼요. 인간을 지켜본 세월만 해도 얼만데요."

"저도 지도 볼 줄 아옵니다."

이그드리아의 말에 현수는 웃음 지었다. 정령들은 지는 걸 싫어한다는 말이 생각난 때문이다.

"엘리디아는 여기 이 붉은색 실선으로 그은 땅속의 지하 수맥들을 점검해 줄래?"

"알겠사옵니다. 어떻게 점검하면 되옵니까?"

"실라디아가 지도를 만들어 올 거야. 거기에 어디에 물이 얼마만큼 있는지를 표시할 정도면 돼. 참, 민물과 짠물 구별이 돼야 해. 무슨 뜻인지 알지?"

"물론이옵니다. 마스터의 뜻대로 조사하겠사옵니다."

엘리디아가 고개를 숙여 명 받았음을 표할 때 이그드리아가 나선다. 성질 급한 불의 정령답게 진득하니 기다리지 못하는 모양이다.

"마스터, 저는 무엇을 하옵니까?"

"음, 이그드리아는 마그마가 뭔 줄 알지?"

"당연하옵니다. 마그마란 지하에서 암석이 고온으로 가열되어 용융된 것이옵니다. 암장(巖漿)이라고도 하지요."

"그래, 잘 아네. 마그마는 지하 약 50~200km에서 암석이 국부적으로 가열되어 형성된 거야."

"그보다 얕은 10~20km에도 마그마굄(Magma chamber)을 이루고 있는 경우도 있사옵니다."

"그래, 이그드리아는 이 영토 안에 그런 게 있나 확인해 줘. 있다면 어디에 얼마만큼 있는지 상세히. 알았지?"

"그것만 조사하면 되옵니까?"

이그드리아는 어려운 일이 아니라는 듯 고개를 끄덕인다.

"아니. 마그마로 인해 지하수가 따뜻해진 곳도 여러 곳 있을 거야."

"온천을 조사하라는 말씀이시옵니까?"

인간 세상을 지켜봤기에 금방 알아듣는다.

"그래. 이그드리아도 실라디온이 만든 지도에 마그마와 온천을 표시할 수 있을 정도로 알아와."

"네, 마스터의 지시를 따르겠사옵니다."

"좋아, 출발!"

엘리디아와 이그드리아가 떠나자 현수는 아리아니에게 시선을 주었다.

"아리아니는 추위를 안 타지?"

"그럼요. 저는 그런 것과는 무관한 존재이옵니다."

"뭐야? 왜 그런 말투를 써?"

아리아니까지 사극 투로 말을 하니 손발이 오그라드는 느낌이다.

"주인님께서 좋아하시는 듯하여 그러하지요. 소녀의 말투가 이상하옵니까?"

"그래. 이상해도 많이 이상하니까 그런 말투 쓰지 말고 전처럼 말해. 알았지?"

"알겠사옵니다. 전하의 명이시니 의당 그리하겠나이다."

"또!"

"쳇! 알겠어요. 그런 말 하는 거 은근 재미있었는데. 그나저나 저는 뭐 안 시켜요?"

"왜 안 시키겠어? 이 영토 안에 존재하는 희귀식물들을 찾아봐 줄래?"

"천종산삼이나 바이롯 같은 거요?"

"그래. 그 밖에 송로(松露)버섯 같은 것도 있나 찾아봐."

트러플(Truffle)이라 불리는 송로버섯은 떡갈나무 숲 땅속에 자실체2)를 형성하며 자라고 있어 지상에서는 발견하기 어려운 것이다.

흰색과 검정색 두 가지 종류가 있다.

이것은 호두알 내지 주먹 크기로 훈련된 개나 돼지의 후각을 이용해야만 찾을 수 있다.

인공 재배가 안 되는 희귀성으로 인해 1kg당 5백만~6백만 원을 호가하는 세계에서 가장 비싼 식용 버섯이다.

최고 기록은 마카오의 한 경매장에서 무게 1.08kg짜리 이탈리아 모리세산 흰 송로버섯이 무려 20만 달러 (2억 4천만 원 상당)에 팔린 것이다.

"찾으면 캐요?"

"캐? 캘 수가 있어?"

육체가 없는 아리아니가 어찌 땅속의 송로버섯 같은 것을 캘 수 있겠는가!

"원하시면 그럴 수 있어요. 근데 가져올 수는 없어요."

"그럼 그냥 어디에 있는지만 파악해 줘."

"알았어요."

아리아니마저 떠났다. 현수는 켈레모라니의 비늘로부터 끊임없이 마나가 뿜어짐을 느끼고 고개를 끄덕였다.

땅과 바람, 물과 불의 정령들이 부지런히 돌아다니는 것을 의미하는 것이기 때문이다.

---

2) 자실체(Fruit body) : 균류에서 포자가 생기거나 또는 포자를 맡는 생식체 전부.

달을 가리고 있던 구름이 어디로 갔는지 설원이 훤하다. 현수는 산책하듯 천천히 걸어 시베리아 벌판을 느껴보았다.

차가운 바람과 싸늘한 기온이 아무런 해를 끼치지 못하니 아주 편안한 얼굴이다.

'이게 내 땅인 거지. 지금은 얼어붙어 있지만 내겐 4대 속성 최상급 정령들이 있어.'

세계 시장을 쥐락펴락하는 5대 곡물 메이저와 몬산토를 떠올린 현수는 마음을 굳게 정했다.

최대한 빨리 모두의 몰락을 봐야겠다고 마음먹은 것이다.

"참, 시간이 얼마나 걸리는지를 안 물어봤네."

베이스캠프로 걸으며 한 말이다.

우워엉! 우어어어엉!

멀리서 늑대가 하울링하는 소리가 들린다.

개는 짖는 것으로 의사소통을 하지만 늑대는 이것으로 자신의 뜻을 전한다.

자신과는 상관없는 일이기에 베이스캠프를 향해 가고 있을 때였다. 멀지 않은 숲에서 한 무리의 늑대가 나타났다. 자신을 먹잇감으로 여기고 노리는 듯한 눈빛이다.

"하하! 녀석들."

하룻강아지가 범 무서운지 모른다더니 딱 그 짝이다.

그르르! 그르르릉! 와웅우우우!

사냥 태세로 접어든 듯 몸을 낮춘 채 다가서는 현수를 노려본다. 현수는 짐짓 아무것도 모르는 척하며 걸었다.

둘 사이의 거리가 10m 이내로 좁혀들자 늑대들이 일제히 튀어 오르려 한다. 이때 현수의 입술이 달싹인다.

"드래곤 피어!"

깨갱! 깨개개개갱!

순식간에 공포에 물든 늑대들은 화들짝 놀라며 물러선다. 하지만 도주하지는 않는다. 극도의 공포에 휩싸이면 오금에서 힘이 빠져 주저앉는 것과 비슷한 상황이다.

"오베이(Obey)! 오베이(Obey)! 오베이(Obey)!"

현수는 11마리에 달하는 늑대 모두에게 복종 마법을 걸었다. 베이스캠프 근처에 있으니 사람들에게 해를 끼칠 수 있기 때문이다.

[배가 고프냐?]

마나에 의지를 실어 우두머리 늑대에게 보내자 흠칫한다. 녀석들의 눈에 현수는 상위 포식자처럼 보이고 있다.

감히 반항을 하거나 도주조차 할 수 없는 존재이다. 그런데 부드럽게 물으니 의아한 듯 바라본다.

[먹이를 줄 테니 먹고 멀리 가렴. 그리고 사람들은 공격하면 안 된다. 위협해도 안 되고. 알았지?]

늑대들은 무반응이다. 하지만 현수가 방금 한 말은 들을 것이다. 복종 마법에 걸려 있기 때문이다.

마법에 대한 저항력이란 것이 아예 없기에 마나는 대략 1년 정도 효력을 나타낼 것이다.

현수는 아공간의 고깃덩이를 꺼낸 뒤 윈드 커터로 금방 육 편으로 변모시켰다. 사람이 아닌지라 보는 앞에서 마법을 써 도 되는 것이 편했다.

몹시 굶주렸는지 다들 정신없이 먹는다. 천천히 다가간 현 수는 우두머리 녀석의 머리를 쓰다듬어 주었다.

100% 야생이지만 마법은 이를 극복하는 듯 순응한다. 현 수가 머리를 쓰다듬거나 말거나 부지런히 먹는다.

'이곳에 오니 늑대들을 자주 접하는군. 리노와 셀다가 낳 은 새끼들을 이곳에 풀어놓을까?'

현수의 이런 생각은 훗날 현실화된다.

리노와 셀다 사이에서 태어난 늑대들은 몽골과 러시아 이 실리프 자치령 외곽을 지키는 경비랑(狼)들을 이끈다.

시베리아 늑대에 비하면 거의 1.5~2배나 되는 덩치로 성 장한다. 하여 시베리아 늑대들이 덤벼들 엄두조차 못 내고 복 종하게 된다.

그 결과 시베리아 늑대들까지 자치령 사람들에겐 강아지 처럼 굴지만 외부의 침입자에겐 야생 그대로의 위협적인 모 습을 보인다.

물론 자치령에서 녀석들에게 먹이를 제공하기 때문이기도 하다. 그들은 세월이 흐르면서 늑대개로 바뀌어간다.

일부는 애완견이 되기도 한다.


딸깍—!

불을 켜자 테리나는 불빛이 거슬리는지 돌아눕는다.

"으음!"

현수는 나직한 침음을 냈다. 잠자리가 마땅치 않은 때문이다. 매트리스를 쓰면 테리나와 동침하는 것이다.

하여 올라가서 잘 생각은 아예 하지 않았다.

"아공간 오픈!"

아공간 속에서 책상과 걸상, 그리고 스탠드를 꺼낸 현수는 노에디아에게 희토류를 명확히 인식시킬 방법을 메모했다.

원석을 구해 보여주는 것이 제일 빠르다. 그런데 구할 방법이 마땅치 않다.

'주영이 녀석이 욕하겠지?'

이실리프 상사 대표이사가 된 민주영에게 찾아오라고 지시하면 알아서 구해오겠지만 심히 투덜거릴 것이다.

본인에게 어려운 일이라면 주영에게도 어려운 일이 될 것이기 때문이다.

'그런데 어쩌겠어. 그런 거 구하러 다닐 시간이 없는데.'

마음을 정한 현수는 앞으로 할 일에 대해 메모했다.

러시아 이실리프 자치령만 지하자원 및 온천 같은 것들이 표기된 지도가 준비되어야 하는 것은 아니다. 몽골 이실리프 자치령 또한 똑같은 것들이 있어야 한다.

"흐음! 몽골은 누구에게 맡기지?"

유리 파블류첸코나 안드레이 자고예프처럼 능력 뛰어난 사람들이 필요하다.

"전호에게 맡길까?"

태백조선소 신조선박 수주상담부 부장이 된 강전호라면 믿고 맡길 만하다. 그런데 그렇게 하는 것은 강 부장의 커리어 전부를 없애는 것이나 다름없다.

몽골과 바다는 아무 관련이 없기 때문이다.

"그럼 누가 있지?"

순간적으로 뇌리를 스치는 네 인물이 있다. 남종우, 김종철, 박태화, 심계섭 검사이다.

장인이 된 권철현 고검장의 후배이자 제자이니 말만 하면 따라오기는 할 것이다. 문제는 검찰엔 이들처럼 능력 있고 소신 있으며 깨끗한 검사들이 필요하다는 것이다.

이들은 권력의 하수인이 되어 그들의 뒤치다꺼리나 해결해 주는 청소부 같은 인간과는 질적으로 다르다.

아직은 간섭이 많아 제 능력을 발휘하지 못하지만 시간이 조금만 더 지나면 대한민국의 썩은 부분을 과감하게 도려내는 메스와 같은 역할을 할 것이라 한다.

권철현 고검장의 말이다.

지현이 현수와 인연을 맺지 않았다면 이들 중 하나와 엮였을 확률이 높다. 그렇게 되지 않은 이유는 넷만의 사이좋은 리그가 깨질 수 있기 때문이다.

드라마의 주요 소재로 많이 사용된 우정과 사랑, 그런 걸 우려하였기에 지현과의 교제를 허락하지 않은 것이다.

어찌 되었건 이들 넷은 빼와선 안 되는 인물들이다.

"흐으음!"

현수는 주변에 사람이 없음이 안타까웠다.

하지만 어쩌겠는가! 천지건설에 입사하기 전까지 김현수는 별다른 스펙을 쌓지 못한 삼류대학 수학과 출신일 뿐이다.

등록금을 벌기 위해 4년 내내 알바를 해야 했으니 폭넓은 교우 관계를 가질 기회가 없었다.

"이실리프 브레인의 이준섭 전무에게 부탁해야 하나?"

만만하다. 그런데 이번 일은 이 전무의 능력으로도 쉽지 않을 것이다. 자신이 부릴 부하 직원을 뽑으라면 잘하겠지만 몽골 자치령 전체를 총괄하는 임무를 부여할 사람을 뽑으라면 난색을 보일 것이다.

사람들을 평가하는 직업을 가진 자기 자신보다 더 큰 그릇을 찾아오라는 것인데 어찌 쉽겠는가!

"으으음!"

현수는 본인이 알고 있는 사람들의 면면을 떠올렸다. 그러다 공군 출신 국방장관인 오정섭이 기억났다.

대한민국 헌정 사상 처음으로 장관이 다른 부서의 해체를 부르짖으면서 국민투표를 요구했다.

육, 해, 공군의 모든 장병이 청원서에 서명 날인을 했고, 모든 군무원과 군인 가족 역시 서명했다.

여성가족부 해체를 요구하는 목소리는 요원의 들불처럼 번졌다. 방송국마다 갑론을박하는 토론 프로그램을 방송했고, 모든 언론에서 이 문제를 집중적으로 다뤘다.

그런데 워낙 요청이 많다 보니 결국 4월 10일에 국민투표가 실시되었다.

그날 현수는 콩고민주공화국에 있었다.

일본은행 외환담당 팀장인 가와시마 야메히토를 만나 금괴 1,500톤 매각에 대한 논의를 했다.

총액 865억 2,000만 달러짜리 상담이다. 이날 두 달 후 같은 양의 금괴를 더 매각하는 데 합의했다.

컨테이너에 담아 마타디항 야드에서 인수인계하기로 했다.

아무튼 지금은 4월 17일 새벽이다.

국민투표에 대한 결과가 나오고도 남을 날이다. 그동안 너무 바빠서 미처 생각을 하지 못했다.

"투표 결과가 어찌 나왔을까? 수구 꼴통들도 여성가족부는 별로라 여길 텐데… 이번에도 권력에 빌붙었을까?"

일부 몰지각한 수구 세력은 대한민국의 발전을 저해하는 암적인 존재이다. 사람이 아니라면 단숨에 도려내서 버리고 싶은 마음이 든다.

현수도 다른 젊은이들처럼 정치에 대해 별다른 관심이 없었다. 누가 권력을 쥐든 바뀌는 것이 없다 생각했다.

진실로 국가를 위해 봉사하겠다는 마음을 가진 정치인은 거의 없다. 따라서 누가 권력을 쥐든 부정부패로 제 배만 불릴 것이기 때문이다.

그런데 이실리프 그룹을 형성시키는 과정에서 바뀌었다. 그렇기에 국회의원 홍진표를 지원하기 시작했다.

정치 세력은 크게 네 가지로 분류된다.

진보, 개혁, 보수, 수구이다.

이 중 진보는 위험하다. 나쁘다는 것은 아니다.

한 번도 경험해 보지 못했더라도 자신들이 옳다고 판단한 것은 일단 저질러 보려는 경향이 강하기 때문이다. 잘되면 좋지만 잘못되면 폭삭 망하는 결과를 야기할 수 있다.

수구는 아주 나쁘다.

수구는 한자로 守舊라 쓴다. 지킬 수, 옛 구이다.

옛것을 지키는 것이 모두 잘못된 것은 아니다.

부모에게 효도하고 웃어른을 공경하며 어려운 이웃을 서로 돕는 것 같은 고유의 전통은 마땅히 보전되어야 한다.

그런데 정치는 아니다.

정치에서만큼은 수구가 절대적으로 악(惡)하다.

수구는 옛것이 잘못되었다는 것을 뻔히 알면서도 절대 고치지 않으려 한다.

이 이유는 그것으로부터 자신에게 이익이 되는 것이 있기 때문이다. 다수가 불편해하고 결코 정의롭지 않음을 알면서도 절대 못 고치게 하는 것이다.

국가의 미래를 생각한다면 이런 세력은 일찌감치 거세시키는 것이 좋다. 국가와 전체보다 자신들의 이익만 추구하니 당연한 일이다.

불난 집에서 저 혼자 살겠다고 밖으로 나가 문을 잠가 버리는 놈과 전혀 다를 바 없다.

개혁은 제도나 기구 따위를 새롭게 뜯어고치려는 세력이다. 잘못된 것이 있으면 이를 고치되 더 좋은 방향, 더 새로운 방향으로 개선시켜 보자는 마음을 가졌다.

보수는 보호하고 지킨다는 의미이기에 나쁘지 않다.

잘못된 것이 발견되면 고치기는 고치되 가급적 예전을 유지하려는 정치 세력이다.

위험한 것과 나쁜 것에 해당하는 진보와 수구보다는 개혁과 보수가 서로를 견제하는 정치 구조가 되어야 한다.

그런데 대한민국엔 개혁보다 진보의 목소리가 더 크고 보수보다 수구가 훨씬 더 많다.

1995년 4월, 삼성그룹 이건희 회장은 북경에 주재하고 있는 한국특파원들과 간담회를 가졌다.

이 자리에서 이 회장은 '정치는 4류, 관료와 행정은 3류, 기업은 2류'라는 말을 했다.

대한민국이 선진국이 되려면 정치권과 정부, 그리고 기업이 모두 잘해야 한다는 취지의 말을 하려던 중 나온 말이다.

20년쯤 지난 오늘, 대한민국의 정치는 4류가 아니라 18류쯤으로 전락했다. 정말 욕 나온다.

국회는 여전히 당리당략에 따라 이전투구를 벌이는 장소 그 이상도 그 이하도 아닌 곳이다. 여당은 권력자의 눈치와 심기만 살피며 부화뇌동하는 하부조직이 되었다.

무능력한 야당은 온갖 헛발질과 갈팡질팡함으로 국민들을 실망시키고 있다.

예전에도 그랬지만 현재의 정치인 대부분은 엄격히 말해 국민들을 대신하여 국정을 이끌어갈 그릇이 못 된다.

불빛을 좇는 불나방 같은 존재일 뿐이다.

불나방이 뜨거운 불에 뛰어들어 죽듯이 권력의 핵심에 가까울수록 죽어줬으면 좋겠다는 마음이 들 정도이다.

이런 자들 중 상당수는 수구 세력에 의해 선출되었다.

자기밖에 모르는 극한 이기주의자들이 국가 발전의 발목을 붙잡고 있는 것이다. 하긴 고인이 된 동생의 아내를 성추행해도 국회의원으로 뽑히니 말 다 했다.

전과 14범은 대통령을 해먹었다.

이런 수구만큼이나 제거해야 할 대상이 여성가족부이다.

국민의 혈세를 낭비하고, 남녀평등을 외치면서 거꾸로 남자들을 역차별하는 법을 만들었으며, 하는 일마다 분란을 일으키는 곳이니 당연히 해체되어야 한다.

현수는 여성가족부 해체가 압도적인 찬성으로 귀결되었기를 바란다. 그런데 이곳은 인터넷이 안 되는 곳이라 결과를 확인할 수 없는 것이 답답했다.

"에이, 바보! 왜 그걸 잊고 있었지?"

자신이 그렇게 해달라고 청해놓고 정작 본인은 투표를 못했다. 하여 자책하는 의미에서 스스로의 머리를 쥐어박았다.

이런저런 생각을 하는데 멀리서 동이 트는 듯하다. 침대를 보니 테리나는 꿈나라를 헤매는 중이다.

늘씬하게 빠진 한쪽 다리를 내놓고 자는데 항온마법진이 있기에 춥지 않은 게 다행이다.

바깥 풍경을 보고 싶었는데 유리창엔 성에가 잔뜩 끼어 있다. 내외의 온도 차가 크다는 뜻이다.

현수는 운동복으로 갈아입었다. 시베리아의 새벽을 달려보고 싶은 것이다. 그러나 바깥으로 나가진 않았다.

옷을 도로 갈아입었다. 빈손으로 왔는데 운동복으로 갈아입은 모습을 보일 수는 없기 때문이다.

하여 노트북을 꺼내 점검할 일과 해야 할 일들을 체크하면서 시간을 보냈다.

"하으음!"

잠에서 깬 테리나는 두 팔을 벌려 힘껏 기지개를 켠다. 쌓인 피로가 완전히 풀렸는지 가뿐한 모습이다.

"잘 잤어? 커피 어때?"

"아흠! 네에, 잘 잤어요? 근데 언제 일어났어요?"

"조금 전에. 자, 커피."

현수가 건넨 커피잔을 받아 든 테리나는 곁을 살핀다. 슬쩍 현수가 잠잔 흔적을 점검한 것이다.

테리나가 일어나기 직전 현수는 곁에서 잠을 잤던 것처럼 했다. 그리곤 바디 리프레쉬 마법을 걸어주었다.

피곤을 말끔하게 풀어주려는 의도이다. 그리고 얼마 지나지 않아 깨어날 것이기에 커피를 준비한 것이다.

"저 잠버릇 험한데 어떻게 했어요?"

"글쎄? 얌전히 잘만 자던데? 어제 많이 피곤했나 봐?"

"그, 그래요?"

테리나는 자신이 얼마나 굴러다니며 자는지를 잘 알고 있다. 하여 전신을 지탱해 주는 U자형 바디필로우를 쓴다.

이리 뒹굴, 저리 뒹굴 하며 다리를 올려놓거나 가랑이 사이에 끼고 잘 때 쓰는 베개이다.

현수가 곁에서 잤다면 다리를 올렸거나 현수의 다리를 가랑이 사이에 끼고 잤을 것이다.

모르면 모르되 알았다면 심히 부끄럽다. 그렇기에 방금 한 말이 사실이냐는 표정을 짓는다.

하지만 대답을 듣진 못했다. 요란한 종소리 때문이다.

땡, 땡, 땡, 땡, 땡―!

"식사 10분 전입니다!"

누군가의 외침이다. 여기선 이런 방법으로 식사 시간을 알려주는 듯하다.

"10분 남았대. 그러고 밥 먹으러 갈 거야?"

"아뇨. 당연히 아니죠."

여자들 중엔 동네 슈퍼를 갈 때에도 화장을 하는 사람이 있다. 자칭 예쁜 여자들 대다수가 이러하다.

자리에서 발딱 일어난 테리나는 서둘러 세면장으로 향했다. 현수는 매트리스와 이불 등을 아공간 속에 담았다.

이곳 사람들이 봐선 안 될 것이기 때문이다.

베이스캠프의 아침이 시작되었다.

온도계를 보니 영하 15.3℃이다. 게다가 칼바람까지 불어 체감 온도는 영하 20℃ 이하인 듯싶다.

갓 잠자리를 빠져나온 사람들은 잔뜩 웅크린 채 종종걸음으로 식당에 집결한다.

주위에 가게 같은 것이 없기에 아침을 굶으면 점심 식사 때까지 아무것도 먹을 수 없기 때문이다.

면면을 살펴보니 세수를 한 사람은 거의 없는 듯하다.

하긴 아무리 더운 물로 씻더라도 이런 추위에서는 남은 습기 때문에 얼굴이 얼어버릴 것이다.

CHAPTER 04
바이칼호를 향하여

전능의팔찌
THE OMNIPOTENT
BRACELET

아침 메뉴는 호밀빵과 소시지, 그리고 포리지[3]이다.

테리나는 어제와 마찬가지로 단정한 투피스 차림이다.

사람들은 이 추위에 그것만으로 될까 싶은지 걱정 어린 눈빛으로 바라본다. 모두들 테리나를 현수의 여인이라 생각하기에 어제처럼 아래위를 훑는 눈빛은 없다.

'흐음! 항온의류를 보내주라고 하는 걸 잊었네. 근데 이런 것까지 내가 일일이 챙겨야 하나?

현수는 이런 일 정도는 알아서 조치를 취해줄 똑똑한 비서

---

3) 포리지(Porridge) : 납작귀리에 물과 우유를 부어 저으면서 소금을 넣어 간을 맞춘 걸쭉한 죽. 우유나 크림을 넣고 설탕이나 시럽 등으로 맛을 내어 뜨거울 때 먹는다.

가 필요함을 절감했다.

그러다 빵을 찢어 포리지에 찍어 먹는 테리나를 보았다.

하버드대학 로스쿨을 우수한 성적으로 졸업한 뒤 명망 높은 로펌의 러브콜을 받은 똑똑하고 빈틈없는 여인이다.

비서로 쓰기엔 너무나 고급 인력이지만 자신은 평범하지 않다. 테리나는 부분도 잘 보지만 전체도 조망할 줄 안다.

어찌 보면 최적인 비서감이다.

'근데 부담스러워서……'

아내가 셋이나 있음을 알면서도 틈만 나면 도발하려 한다는 걸 알고 있다. 아직도 자신을 포기하지 않았다는 뜻이다.

어젯밤에도 그런 의도가 있었음을 짐작했다.

이리냐와는 같은 나라 사람이라 친하게 지내지만 지현과 연희는 아직 데면데면할 것이다.

테리나를 비서로 데리고 있으면서 오늘처럼 둘만 동행하는 일이 잦아지면 자칫 사고를 칠 수 있다.

특히 만취하여 이성이 흐트러지면 그럴 확률이 매우 높다. 현수가 취하는 것이 아니라 테리나가 그런다는 뜻이다.

그럴 경우 버릴 수도 없고 책임질 수도 없는 딜레마에 빠진다. 그렇기에 탐나지만 포기해야 한다고 생각했다.

이런저런 생각을 하는 동안 안드레이노프가 밤새 불편함은 없었느냐고 묻는다.

모든 게 좋았다 대답하자 빙그레 웃는다. 무엇을 상상하는지 알 수는 없지만 토를 달고 싶은 마음은 없다.

생각보다 맛이 괜찮아서 다 먹고 또 달라 하여 먹었다.

어제의 격려금이 작용하는지 아주 친절하다.

식사를 마치고 나올 때 테리나의 위성통신 장비가 울린다.

"네, 에카테리나 일리치 브레즈네프입니다."

"아! 미스 브레즈네프, 유리 파블류첸코입니다. 회장님 곁에 계십니까?"

공식적인 내용이라 그런지 깍듯하다.

"네, 잠시만 기다려 주십시오."

전화를 받은 현수는 파블류첸코와 통화했다.

유리는 각각의 측량팀에 KUMERTAU Ka—32 Helix 한 대씩을 보내겠다고 한다.

서방의 헬기가 대당 약 300억 정도 되는데 이 녀석은 80억 정도 임에도 엄청 튼튼하다.

최대 18명까지 탑승할 수 있으며, 소방용으로 쓸 경우엔 17드럼의 물을 적재할 수 있다. 베이스캠프에서 필요한 용도에 꼭 맞는 것이다.

원래는 헬기 구입 계약을 맺고 몇 달은 지나야 실물이 인도된다. 그럼에도 거의 즉각적으로 일이 처리된 것은 안드레이 자고예프의 부친 덕분이다.

러시아의 거의 모든 항공기 제조사들이 합병되어 만들어진 거대 기업 UAC의 부사장이 영향력을 발휘한 결과이다.

현수는 감사의 뜻을 꼭 전하도록 지시하고 통화를 마쳤다.

안드레이노프는 조만간 헬기가 당도할 것이며, 팀당 두 명의 조종사가 배속될 것이라는 말에 입이 벌어진다. 헬기가 있고 없고의 차이가 너무도 확실할 것이기 때문이다.

현수는 러시아 헬기에 대해 잘 몰랐기에 Ka—32 Helix의 제원을 물어보곤 고개를 끄덕였다.

베이스캠프에 한 번도 와보지 않은 유리 파블류첸코와 안드레이 자고예프지만 이쪽 상황을 대강은 짐작함을 알 수 있기 때문이다.

식사를 마친 후 작별 인사를 했다.

브레첸코과 루슬란은 베이스캠프 사람들이 네르친스크에 오면 적극적으로 돕기로 했다.

때론 필요한 것을 대신 구해주는 임무도 맡기로 했다.

앞으론 식재료를 더 싼값에 매입할 수 있을 것이다. 다른 생활용품도 마찬가지이다. 이는 순전히 현수의 덕이다.

현수와 테리나는 어제처럼 뒷좌석에 올라 네르친스크로 향했다.

딱히 이곳에서 할 일이 남아 있는 것이 아니므로 사대정령 및 아리아니가 임무를 수행하는 동안 바이칼호를 보러 가기로 한 것이다.

지난번에 갔을 땐 온통 얼음이었지만 지금은 4월 중순이다. 지금쯤이면 많이 녹아서 새로운 광경을 볼 수 있을 것이라 생각한 것이다.

테리나는 러시아에서 나서 자랐지만 말로만 들었을 뿐 한 번도 가보지 못했다며 다소 들뜬 모습이다.

바이칼호는 '시베리아의 담수 공장', '성스러운 바다', '세계의 민물 창고', '시베리아의 푸른 눈', '시베리아의 진주' 등으로 불린다.

호수의 넓이는 세계에서 일곱 번째로 넓다.

최대 깊이는 1,637m로 세계에서 가장 깊으며, 주변은 2,000m급의 높은 산으로 둘러싸여 있다.

이 호수에는 전 세계 민물(담수)의 1/5이 담겨 있다.

표면적은 북아메리카 5대호의 13%밖에 안 되지만 물의 양은 5대호를 다 합친 것보다 세 배나 더 많기 때문에 '세계의 민물 창고'라고 불리는 것이다.

그래서 러시아 사람들도 한 번은 가고 싶어 하는 곳이다.

현수 일행이 베이스캠프를 떠날 때 측량팀 전원이 나와 손을 흔들어주었다.

하룻밤을 머물었을 뿐이지만 깊은 인상을 준 듯싶다. 현수역시 그들이 보이지 않을 때까지 손을 흔들어 답례했다.

"추운 데서 고생이 많은 분들이에요."

"항온의류를 넉넉히 지급하라고 연락해."

"그건 벌써 말했어요. 총인원이 백 명이지만 넉넉하게 보내라고 했어요."

입안의 혀처럼 어쩜 이렇게 속내를 잘 알까? 비서로 쓰면 정말 최고일 듯싶다.

테리나는 '저 잘했죠?' 하는 눈빛으로 바라본다. 한마디 안 해줄 수 없다.

"…잘했네. 앞으로도 그렇게 해."

"네?"

"아냐, 아무것도."

창밖으로 시선을 돌려보니 어제 지겹게 보던 그 풍경이 그대로 이어지고 있다.

"넓긴 정말 넓어."

지평선을 보며 현수가 한 말이다.


"수고하셨습니다, 회장님!"

윌리엄 스테판 기장이 정중히 허리를 숙여 예를 갖춘다. 한국을 오가며 한국식 예절에 대해 들은 바 있는 모양이다.

"어서 오세요, 회장님!"

스테파니 역시 환히 웃으며 허리를 숙인다.

"바이칼호 구경을 가려 합니다. 이르쿠츠크로 갑시다."

"네, 모시겠습니다."

윌리엄이 아무 문제 없다는 듯 환히 웃는다.

자가용 제트기가 네르친스크 공항 활주로를 박차고 올라 일정 고도에 오르자 스테파니가 환히 웃으며 다가온다.

"회장님, 이르쿠츠크에서 얼마나 머무실 건가요?"

"글쎄, 한 이틀? 어쩌면 더 있을지도 몰라. 근데 왜?"

아리아니와 사대정령이 언제 일을 마치고 복귀할지 몰라 한 말이다.

"이르쿠츠크는 바이칼호 인근이라 관광객이 많을 수 있어 요. 미리 객실 예약을 하려구요."

"그래? 그럼 일단 이틀 정도로 해. 객실 등급은… 침실이 두 개 이상인 스위트룸으로 하고."

"네에, 회장님!"

생긋 미소 지은 스테파니는 열심히 통화를 한다.

들어보니 현수와 테리나는 8층짜리 메리어트 호텔이고, 윌 리엄과 스테파니는 인뚜리스트 호텔로 예약한다.

왜 그러느냐고 물으니 자신들이 어찌 회장님과 같은 호텔 에 묵겠느냐며 웃는다. 윗사람의 사생활을 가급적 들여다보 지 않으려는 배려인 듯싶어 뭐라 하려다 말았다.

테리나는 노트북으로 바이칼호에 대한 자료를 조사한다.

"폭이 27~80km래요. 길이는 636km구요."

"그래서 거의 바다처럼 느껴지지."

"언제 와보셨어요?"

"응, 전에 한 번."

웬만하면 꼬치꼬치 캐묻겠지만 조사한 자료를 보며 감탄하기에도 바쁜 모양이다.

"바이칼호엔 섬이 있는데 그중 알혼섬이 제일 크대요. 그리고 그 섬엔 불한바위라는 게 있대요."

"불한바위?"

"네, 한국의 독도처럼 생겼는데 미국의 세도나와 더불어 영(靈)적인 에너지가 엄청 센 곳이래요."

"그래? 한번 가봐야겠군."

기(氣)와 마나가 어떻게 다른지는 알아보지 않았다.

분명 뭔가 연관이 있을 것 같다는 느낌이기에 이번 기회에 확인해 볼 생각을 한 것이다.

이르쿠츠크 공항에 당도한 현수는 택시를 타고 메리어트 호텔로 향했다.

체크인을 마치고 나니 해가 지고 있다.

"시내 구경 나가실래요?"

"그럴까?"

호텔 방이 안락하기는 하지만 하는 일 없이 앉아 있는 것보다는 나을 듯하여 일어섰다.

데스크에선 관광 지도 한 부를 준다. 초록색 실선으로 그어진 길을 따라가면 이르쿠츠크의 명소를 전부 볼 수 있다고 한다. 1번에서 30번까지 번호가 매겨져 있다.

가보자 하여 나섰는데 높은 건물이 드문 게 특징이다. 답답하지 않아서 좋다.

제정시대 때 지어진 우체국 건물은 붉은 벽돌로 되어 있다. 트롤리버스와 트램이 인상적이다.

참고로 둘은 전기로 움직이는 버스와 전차이다.

요란한 경적이 들려 시선을 주니 결혼식을 마치고 퍼레이드를 하는 승용차들이 줄지어 달린다.

레닌광장에서부터 알렉산더 3세 동상이 있는 쪽으로 이동하는 동안 관광 명소들을 볼 수 있다.

관광객을 위해 보도블록에 색깔 테이프로 표시되어 있어 찾기 쉬웠다. 명소 건물 앞에는 안내문이 설치되어 있다.

걷는 동안 테리나는 자연스레 팔짱을 끼운다.

받아주지 않는 대신 둘만 있을 땐 이런 걸 허용키로 했으니 두말 않고 보조를 맞춰 걸었다.

이르쿠츠크 시내는 관광지답게 깨끗하고 단정했다.

"배 안 고파요?"

테리나가 바라보는 곳에 시선을 주니 'PREGO' 라 쓰인 간

판이 보인다. 그 앞에 작은 글씨로 이탈리아 레스토랑이라 쓰여 있다.

"배가 고프면 먹어야지."

둘이 들어가자 콧수염을 기른 아저씨가 환히 웃으며 맞이한다. 전체 테이블 중 60% 정도만 손님이 들어 있다.

안내를 받아 안쪽으로 들어가 앉았다. 분위기가 괜찮은 레스토랑인 듯하다.

테리나는 폴로 알라 카치아토라를 주문했고, 현수는 비스테까 알라 피오렌티나를 달라고 했다. 인살라타 알라 카프레제와 와인 등도 주문했다.

테리나가 주문한 것은 토마토소스에 닭고기를 넣어 만든 이탈리아식 스튜이다.

현수의 것은 티본스테이크라 할 수 있는 것이고, 인살라타 알라 카프레제는 토마토와 모차렐라 치즈, 그리고 바질을 넣어 만든 샐러드이다.

둘은 오늘 구경한 장소에 대한 이야기를 하며 즐거운 식사를 마쳤다. 식사 후 계산을 하려 하니 와인 포함 960루블이라고 한다. 약 24,000원이다. 너무 싸서 놀랐다.

한국의 음식값이 월등히 비싸다는 것을 인정하지 않을 수 없다. 서울에서 이렇게 먹었다면 10만 원을 훌쩍 넘길 것이기 때문이다.

'대체 왜 그렇게 비싸지? 임대료가 비싸서 그런가, 아님 식재료가 비싼 건가? 맛은 거기서 거긴데.'

현수는 대학 다니는 동안 알바를 했다. 예쁜 여학생이 많이 다니는 여대 앞 '히야신스'라는 카페에서 일했다.

아마 아직도 그 자리에 있을 것이다.

처음 2년 동안은 감자와 양파 껍질을 까고, 설거지를 했으며, 홀 걸레질과 화장실 청소를 했다.

성실성을 인정한 주방장은 주방장 보조 자리가 비자 현수를 추천했다. 덕분에 페이도 올라갔고, 간단한 요리까지 배울 수 있게 되었다.

그 결과 토스트나 샌드위치를 능숙하게 만들어낼 수 있고, 빵 굽는 기술까지 배워 마늘빵, 모카빵, 바게트, 소보로 등을 만들어낼 수 있게 되었다.

그때 받은 페이가 월 75만 원 정도였다.

오후 5시부터 밤 12시까지 하루 7시간씩 주 6일 근무였으니 시급으로 따지면 4,500원이다.

나름 기술이 필요한 직종이지만 페이는 짠 셈이다.

지금도 주방에서 일하는 사람들의 급여는 짤 것이다. 그런데 왜 음식값이 비싸야 하는지 이해되지 않는다.

'그리고 보니 최근의 한국은 뭔가 좀 이상해. 물건값이 터무니없이 비싸다는 느낌이야.'

아이들이 입는 패딩의 가격만 해도 그렇다.

셰르반 56만 8,000원, 캐나다구스 70만~150만 원, 몽클레르 100만~300만 원대, 버버리·펜디 60만~200만 원대에 달한다.

현수가 한 달 내내 일하고 받은 돈으로도 아이 옷 하나 못 사는 세상이 된 것이다.

아이들이 즐겨 먹는 과자 값도 그러하다.

한국의 제과업체들은 아무리 봐도 국민을 바보로 여기는 듯하다. 원료인 곡물 가격은 하락했고 환율은 유리해졌다.

이를 감안하면 값이 내려야 하는데 오히려 올린다. 가격 변동이 없다면 내용물이 줄었음을 의미한다.

그러다 누군가가 내수판매는 물론이고 미국에 수출하는 유명제품을 비교했다. 둘 다 국내에서 제조된 유명제품이다.

미국에서 파는 것은 420g이고, 국내용은 325g이다.

봉지를 뜯어 실제 내용물을 헤아려 보니 미국에서 팔리는 것은 165개가 들었고, 국내 판매용은 111개가 들어 있다.

비율로 따지면 약 1.5 : 1이다.

그런데 미국에서 팔리는 가격은 2,048원이고, 한국에선 3,800원에 판다.

판매 가격 나누기 개수를 해보면 미국의 개당 가격은 12.41원이고, 한국은 34.23원이다.

이를 비율로 계산해 보면 약 1 : 2.76이다.

똑같은 제품이지만 한국이 미국보다 훨씬 비싸다.

우리 국민을 계산도 할 줄 모르는 병신이라 생각하지 않고서야 어찌 이렇게 할 수 있겠는가!

이런 사실이 알려지자 사람들은 국산 과자를 외면하기 시작했다. 대신 비교적 값싼 수입산으로 시선을 돌렸다.

그러자 수입과자만 전문적으로 취급하는 엔젤스쿠키나 레드 버켓, 헝그리 제니 같은 프랜차이즈 상점들이 번져가는 중이다.

국내 제과업체들이 국민을 만만히 본 결과는 굳이 쓰지 않아도 될 외화를 빠져나가게 만들었다.

현수도 과자를 좋아한다. 그런데 너무나 많이 올라서 사 먹고 싶은 마음이 사라졌다. 폭리를 취하는 제과업체의 배를 불리는 일을 하고 싶지 않은 것이다.

"테리나, 이실리프 상사와 연결되면 제과업에 대한 자료를 조사하라고 지시해 줘."

"네, 들어가는 즉시 이메일로 보낼게요."

뭔가 미쳐 돌아가는 것 같은 한국의 경제 상황에 질서를 잡는 일이 필요한 듯싶다.

돈이 없어 연애, 결혼, 출산을 모두 포기한 3포세대가 점점 늘어나고 있는 판국에 과자 한 봉지에 3,800원은 말도 안 된다고 느끼기 때문이다.

질소를 잔뜩 넣는 것도 마음에 안 든다. 뿐만 아니라 과대 포장으로 낭비를 일삼는 것도 문제이다.

현수의 이런 생각은 이실리프 제과가 설립되는 근본 이유가 된다. 나중에 설립될 이실리프 제과에선 여러 종류의 과자 등을 만들어 파는데 값이 엄청 싸다.

3,800짜리 과자와 비슷한 수준의 제품 가격은 500원이다. 아이들도 부담 없이 즐길 수 있는 값이다.

기존 제품의 7분의 1도 안 되는 가격이므로 가격 경쟁력에서 확실히 우위에 선다.

게다가 쓰이는 재료 자체가 다르다.

이실리프 자치령에서 생산되는 무공해 농산물과 청정 우유, 치즈, 식용유 등을 쓰기 때문이다.

소비자들에게 있어 이실리프라는 이름은 선함과 정직함, 그리고 진취적이라는 느낌을 준다.

그 결과는 국내 제과업체들의 줄도산이다.

특히 싸가지 없던 기업이 있다. 이 회사가 망하던 날 네티즌들은 아낌없는 박수를 친다. 선택의 폭이 좁아 이 회사의 제품을 사 먹었지만 소비자를 우습게 안다고 느낀 때문이다.

한국의 제과업이 모두 망해가지만 이실리프 그룹은 M&A를 하지 않는다. 그들의 설비도 사지 않는다. 그래줄 하등의 이유가 없기 때문이다.

결국 회사는 문을 닫고, 설비는 고철로 팔려 나간다.

이 회사들의 생산직 사원과 하급직 사원들은 점점 규모가 커져가는 이실리프 제과로 자리를 옮긴다. 그러나 비싼 과자 값을 선도하던 과장급 이상에 대한 구제는 없다.

이 업체들은 이실리프 제과 때문에 자신들이 손해를 보았다며 불공정하다며 재판을 건다.

이에 이실리프 그룹은 원료 도입 가격 및 생산 단가를 공개한다. 시장 장악 의도로 덤핑 판매를 하지 않았음을 증명하는 것이다. 게다가 국민들은 그들을 편들어주지 않는다. 인심을 잃어도 너무 많이 잃은 때문이다.

자신들의 제품을 카피했다는 것으로도 소송을 제기하지만 그 역시 혐의 없음으로 종결된다. 생산에 앞서 법률적인 검토를 마친 것만 만들어서 팔기 때문이다.

이실리프 제과 출현은 다른 산업 분야에도 경종이 된다.

어떤 업종이든 부당한 담합으로 시장을 지배하여 국민의 주머니를 털어내면 막대한 자본을 동원하여 단숨에 시장을 평정할 것이라고 발표하기 때문이다.

이를 믿지 않은 대표적인 업종이 정유업계이다.

몇 년 후, 국내산 휘발유 가격은 리터당 2,200원 정도가 된다.

이렇게 되기 6개월 전부터 국제 원유가는 계속해서 내려갔다. 석유수출국기구가 감산 합의에 실패한 것이 원인이다.

원유 도입가가 내렸으면 그에 합당하게 소비자가도 내려야 한다. 그럼에도 정유업계는 국내 휘발유 소매가격을 소폭 인상한다.

이에 국민의 비난이 거세지자 별별 핑계를 대지만 그래도 값을 내리라는 목소리가 커지자 찔끔 내린다.

원유 도입가는 10% 이상 인하되었는데 소비자가는 불과 1% 정도만 내리는 것이다. 이에 이실리프 정유에선 전격적으로 시장 진출을 선언하고 리터당 300원에 팔게 된다.

어떤 주유소로 차가 몰리겠는가!

정유업체들이 비명을 지르고, 세수가 줄어들자 정부가 나서지만 이실리프 그룹은 요지부동이다.

이때쯤의 정부는 이실리프 그룹을 건드릴 수 없다. 다국적 기업을 잘못 건드리면 국제 문제가 되기 때문이다.

게다가 이실리프 그룹이 전격적으로 한국을 떠나면 엄청난 문제가 발생되기 때문이기도 하다.

그럼에도 일부 돌대가리 정치인과 공무원들이 국민의 전폭적인 지지를 받는 이실리프 그룹에 압박을 가한다.

산업통상자원부, 고용노동부, 공정거래위원회, 금융위원회, 식품의약품안전처, 기획재정부의 국세청과 관세청 등이 동원되어 전방위적인 압박과 위협을 가한다.

이에 이실리프 그룹은 정면 돌파를 선택한다.

기존 정유업체들이 취하던 폭리를 포기하지 않으면 완전히 다 망할 때까지 값을 더 내릴 수 있다고 발표한 것이다. 치킨게임을 선언한 것이다.

이실리프 그룹은 지속적으로 숙천유전에서 원유를 가져올 수 있으니 꿀릴 게 없는 것이다.

실제로 리터당 100원이라는 카드를 만지작거린다는 소문이 돌자 정유업체들은 항복한다. 제과업체들이 망했을 때 어떤 최후를 맞이했는지 너무도 잘 알고 있기 때문이다.

망하면 적당한 값을 받고 회사를 파는 것이 아니다. 모든 설비는 고철이 되어 분해되어 버린다. 과장급 이상은 실업자가 되는데 이실리프 그룹에선 절대 받아들이지 않는다.

이실리프 그룹의 협력회사에서도 그러하다.

공장부지는 경매에 넘어가 공시지가에도 미치지 못하는 헐값에 처분되는데 그마저도 대출해 줬던 은행들이 전액을 회수해간다.

물러서지 않으면 그야말로 급전직하하게 되는 것이다. 그렇기에 백기를 들고 흔들 수밖에 없는 것이다.

당연히 국민은 쌍수를 들고 환영한다.

얼마 후, 휘발유 가격은 리터당 1,000원대로 하향된다. 이전에 비하면 절반에도 못 미치는 가격이다. 숙천유전에서 가져온 원유를 싸게 공급해 주기 때문이다.

정부가 우려했던 세수 감소는 소비가 크게 늘어 우려할 정도는 아닌 것이 된다.

다음으로 작살나는 것은 난립된 상조회사와 병원 영안실, 그리고 납골당 등이다. 이들이 고인의 죽음을 미끼로 상주들의 등을 친다는 것을 알게 된 직후의 일이다.

한국보건사회연구원이 조사한 바에 따르면 2013년의 1인당 장례비용은 1,208만 원이었다. 서울·경기 지역은 이보다 더 많은 1,500~2,000만 원이 소요되었다.

한국의 장례문화는 폭리로 점철되어 있다.

원가 15만 원짜리 수의(壽衣) 한 벌을 70~80만 원이나 받아 챙기는 건 애교이다. 황금수의라는 그럴듯한 이름을 붙여 한 벌에 1억 원을 받기도 한다.

장례식장은 1박 임대료로 400만 원을 받아 챙기고, 납골당 안치비용으로 1억을 받기도 한다.

이에 이실리프 그룹에선 상조회사뿐만 아니라 장례식장까지 차린다. 그리고 모든 장례비용은 실비만 받는다.

관(棺) 15만 원, 수의 20만 원이다.

장례 지도 비용은 1일 10만 원이며, 장례식장 임대료 1일 10만 원, 염습방 사용료 3만 원, 고인 메이크업 5만 원, 식사비용 조문객 1인당 5천 원, 고인 안치 1박 비용 3만 원, 수시

비용 3만 원, 조화 15만 원, 발인실 사용료 2만 원, 폐기물 처리 비용 5만 원이다.

3일 장을 치르고 조문객이 200명인 경우 총액 216만 원 정도가 든다.

여기에 화장(火葬) 시설 사용료 9만 원을 추가하고, 이실리프 그룹에서 직접 조성한 납골당을 사용할 경우 20년 안치 비용으로 240만 원을 낸다. 관리비는 없다.

이것까지 합치면 장례비 총액은 465만 원이다.

참고로 웬만한 장례식장의 경우 조문객 1인당 식대로 2~3만 원을 받는다. 그럴듯하게 차린 상이 아니라 장례식장에서 주는 식은 육개장과 편육 약간, 부침개 몇 개, 땅콩과 어포 약간 등의 가격이 그러하다.

그리고 음식을 추가로 시키면 4~6만 원으로 늘어나게 된다. 물론 술과 음료수 값은 별도이다.

장례를 치르는 사람들은 경황이 없게 마련이고, 고인의 마지막 가시는 길이니 제대로 된 예우를 갖추라는 장삿속에 엄청난 바가지를 쓰는 중이다.

사람의 죽음을 이용한 돈벌이를 못하도록 이실리프 그룹이 나서자 기존 장례업자들이 반발하지만 어쩌겠는가!

사람들은 대학병원 영안실보다도 더 깨끗하고 쾌적한 이실리프 장례식장을 이용한다.

납골당 역시 이실리프 그룹의 것이 우선이다.

훨씬 더 관리가 잘되기 때문이다. 하여 국립묘지에 안장될 자격이 있는 사람들도 이용한다.


식사 후 바깥으로 나와 보니 이르쿠츠크 시내는 짙은 어둠 속에 있다. 행인도 별로 없기에 서둘러 호텔로 되돌아왔다. 각자 샤워를 하고 캔맥주 하나씩을 비웠다.

테리나는 멈칫거렸지만 현수의 침대로 오진 않았다. 현수가 일을 하려 노트북을 꺼내놓은 탓이다.

그렇게 이르쿠츠크의 밤이 지났다.

다음 날 아침, 호텔에서 제공하는 뷔페식 아침 식사를 했다. 식사 후 커피 한 잔을 마시고 있는데 윌리엄이 찾아왔다.

"아! 윌리엄, 잘 쉬었어요?"

"네, 회장님."

"그래, 여긴 웬일이에요? 비행기에 문제 있어요?"

"아뇨. 그게 아니라 한국 영사관에서 회장님을 뵙자고 해서 왔습니다."

윌리엄은 곤혹스럽다는 표정이다.

"한국 영사관이요?"

"저희가 숙박한 호텔 3층에 한국 영사관이 있습니다. 어젯밤 간단히 한잔하려 바에 갔는데 우연히 한국영사관 직원을 만나게 되었습니다. 거기서……."

윌리엄이 만난 사람은 영사관에 고용되어 일하는 현지인이다. 즐겁게 대화를 하고 헤어졌는데 아침에 방문을 받았다.

주 이르쿠츠크 영사가 현수와의 만남을 청했다는 것이다.

영사는 국교가 있는 나라에 머물면서 자국민을 보호 감독하고, 통상과 문화교류 등을 맡아보는 관직, 또는 그 관직에 있는 공무원을 뜻하는 말이다.

일반 영사직은 3급 서기관이 맡는데 6급 공무원 대우를 받는다. 대사는 무조건 면책특권을 받지만 영사는 특별한 협약을 맺지 않는 한 면책특권에 해당되지 않는다.

"영사가 날 왜 찾았는지를 몰라요?"

"그냥 만나려는 것 같습니다. 회장님은 유명하시니까요."

"……!"

현수는 잠시 아무런 대꾸도 하지 않았다.

"그래서 어떻게 한답니까? 이곳으로 온대요?"

"아뇨. 회장님더러 영사관으로 오라고 합니다."

"가실 거예요?"

곁에 있던 테리나가 물은 말이다.

"테리나, 알혼섬까지 우릴 태우고 갈 차는 준비되었대?"

"네, 호텔에서 준비해 줬어요."

조금 전 현수는 메리어트 호텔 총지배인의 정중한 인사를 받았다. 모스크바에 있다가 승진하면서 이곳 총지배인으로 왔다면서 아주 깊숙이 허리를 숙여 예를 갖췄다.

현수 본인은 모르지만 러시아 정·재계 사람 중 현수에 대해 모르는 사람은 드물다.

레드마피아와의 관계도 알고, 푸틴과 메드베데프를 어떻게 알게 되었는지도 알고 있다. 드넓은 조차지를 받았음도 알고, 엄청난 양의 황금을 팔았음도 알고 있다.

따라서 현수는 러시아 어디를 가든 초특급 귀빈 대우, 다시 말해 VVVIP 대접을 받게 된다.

Very Very Very Important Person인 것이다.

항온의류, 쉐리엔, 듀 닥터, 스피드, 엘딕 등 황금알을 낳는 거위를 만들어낸 미다스의 손으로 평가되기 때문이다.

어느 기업이든 현수가 방문하겠다고 하면 무조건 환영이다. 잘만 되면 엄청난 이득을 얻을 수 있기 때문이다.

호텔 총지배인이 인사를 마치고 돌아가려 할 때 테리나가 알혼섬까지 가는 교통편에 대해 물었다. 그러자 호텔에서 기꺼이 차량을 제공할 테니 편안히 다녀오시라고 한 것이다.

"어떻게 하실 건데요? 영사관에 가실 거예요?"

"아니. 알혼섬으로 가야지. 윌리엄, 스테파니도 불러요. 온 김에 다 같이 갑시다."

"…알겠습니다."

윌리엄은 그저 현수의 의중을 알 수 없었기에 말을 전하러 온 것뿐이다. 대사도 아닌 일개 영사가 보스인 현수를 오라 가라 한 것이 마뜩치 않았던 것이다.

어쨌거나 윌리엄은 스테파니에게 대기하라고 했다. 가는 길이니 태워가겠다고 한 것이다.

승용차는 좁을 듯하여 호텔 총지배인에게 상황을 이야기 하니 걱정하지 말라고 한다.

남은 커피를 마시고 정문으로 나가니 신형 익스플로러 밴 한 대가 서 있다. 러시아의 시골에 미국의 신형 밴이 있을 것 이라곤 상상하지 못했기에 조금은 놀랐다.

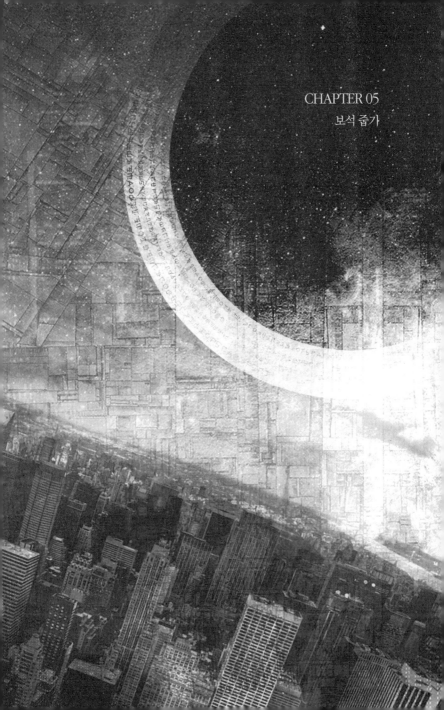

CHAPTER 05
보석 줍가

"안녕하십니까? 어서 오십시오. 귀빈을 모시게 된 마라트 케르자코프입니다."

현수와 테리나, 그리고 윌리엄이 다가가자 대기하고 있던 운전자가 밴의 문을 활짝 열며 말한다.

"네, 반갑습니다. 저는 김현수라 합니다. 이쪽은 윌리엄, 이쪽은 테리나지요. 잘 부탁드립니다."

50대 중반인 사내이기에 예를 갖춘 것이 아니다. 상대가 정중하니 그에 합당한 예우를 하는 것은 당연했다.

"네에, 승차하시지요."

윌리엄은 조수석에 올랐다. 테리나와 현수가 타자 케르자 코프는 정중히 문을 닫고 운전석에 오른다.

"총지배인님으로부터 알혼섬까지 모시고 그곳의 관광 안내를 지시 받았습니다. 맞습니까?"

"맞아요. 그런데 알혼섬으로 곧장 가지 말고 인뚜리스트 호텔을 먼저 들러요. 거기서 탈 사람이 있어요."

"네, 알겠습니다, 아가씨."

케르자코프 역시 테리나가 귀빈의 여인이라 생각한 모양이다. 하지만 어느 누구도 나서서 아니라 하진 않았다.

굳이 그럴 이유가 없다 여긴 때문이다.

신형이라 그런지 정숙했다. 현수는 창밖 풍경에 시선을 주었다. 어젯밤에 본 것을 아침에 보니 훨씬 깔끔해 보인다.

스테파니를 태운 차가 인뚜리스트 호텔을 벗어날 때 누군가 뛰어오는 모습이 보였지만 운전자는 무시했다.

이르쿠츠크 시내를 벗어나자 비포장도로가 나타난다.

우스티오르딘스키를 지나 평원의 끝에 달하자 바이칼호수가 나타난다. 중심부엔 아직 얼음이 남아 있지만 물가는 많이 녹았다. 너무도 맑아 자갈이 그대로 보인다.

선착장에 당도하니 마침 페리호가 떠나려 하는 중이다. 하여 차에 탄 채 배에 올랐다.

알혼섬에 당도해 보니 차를 바꿔 타야 한다고 한다.

알혼섬 내부 도로는 모두 비포장도로이기에 차 바닥이 낮은 익스플로러 밴이 다니기엔 무리라 한다. 도로포장을 하지 않은 이유는 자연보호를 위함이라니 할 말이 없다.

이곳까지 오는 데 다섯 시간이 넘게 걸렸다.

러시아의 사륜구동 밴 '프르공'은 연비는 낮은 대신 튼튼하고 힘이 좋은 차이다. 운전자는 오프로드에 가장 잘 어울리는 차량이라고 한다.

프르공을 타고 알혼섬 곳곳을 둘러보다 바이칼뷰 호텔에서 늦은 점심 식사를 했다.

이곳에 온 김에 하룻밤 머물자는 의견이 일치해 이 호텔의 객실에 체크인했다.

보통 호텔이라 하면 5층 이상인 현대식 건물을 상상한다. 그런데 이 호텔은 그렇지 않다.

들판에 목조로 지은 단층건물이 쭉 이어져 있다.

객실마다 노란색, 초록색, 파란색, 분홍색을 차례대로 칠해 놓아 촌스러워 보였다. 이런 객실 앞까지는 폭 1.2m 정도 되는 나무 통로가 배치되어 있다. 난간도 없기에 헛디디면 바로 흙을 밟게 된다.

다소 황량해 보이긴 하지만 나름대로 풍치가 있다.

하지만 방을 확인하곤 고개를 끄덕였다. 허연 목재로 마감한 실내는 단열이 잘되었는지 따뜻했다.

창밖을 보니 바이칼 호수가 한눈에 들어온다. 좋았다.

현수와 윌리엄이 한 방, 테리나와 스테파니가 한 방을 쓰고, 안내인 역할을 하게 된 케르자코프에게도 방 하나를 배정했다.

짐이랄 것도 없기에 식사 후 곧장 알혼섬 관광에 나섰다. 이 섬은 약 730㎢로 거제도의 두 배쯤 되는 면적이다.

당연히 볼 것이 많았다.

이 구석 저 구석을 돌아 드디어 불한바위로 향했다.

가는 동안 뾰족한 창처럼 생긴 긴 막대에 알록달록하게 천을 감아놓은 걸 볼 수 있었다.

각각의 쇠막대 앞엔 작은 바위들이 있는데 멀리서 동전을 던져 이 위에 올라가면 소원이 이루어진다고 한다.

테리나가 먼저 던졌다. 다섯 개나 던졌지만 성공하지 못했다. 스테파니는 세 번 만에 동전을 바위 위에 올려놓고는 환히 웃었다. 무엇을 빌었는지 알 수는 없지만 모두들 축하해 줬다. 현수와 윌리엄은 구경만 했다. 주머니에 동전이 없기 때문이다.

가까이 가보니 동전이 수북하다.

웬만하면 가져갈 텐데 이걸 가져가면 재수 없는 일이 벌어진다 하여 아무도 안 가져간다고 한다.

후지르 마을이 보인다. 목조로 만든 단층 주택들이 즐비한 자그마한 단지이다. 곧이어 불한바위에 당도했다. 테리나가 말한 대로 독도를 닮은 듯하다.

이곳에서 일행은 흩어졌다. 잠시 개인시간을 갖기로 한 것이다. 테리나와 스테파니는 바이칼 호수의 물을 만져보겠다고 물가로 갔고, 윌리엄과 케르자코프는 화장실을 찾았다.

홀로 남게 된 현수는 불한바위 가까이 다가갔다.

"마나 디텍션!"

마나 탐지 마법을 구현시킨 뒤 오감을 집중해 보았다.

지구에서 가장 영적인 기운이 강한 곳이라니 어떤가 싶다.

"흐음!"

마나가 다른 곳에 비해 농도가 짙기는 하다. 하지만 아주 많은 정도는 아니다.

"뭐야? 마나랑 기(氣)는 완전히 다른 건가?"

현수는 나직이 중얼거리며 고개를 갸웃거렸다.

기가 마나와 유사하거나 관련이 있다면 마나 탐지 마법이 구현되었을 때 느낌이 와야 한다. 그런데 예상이 틀렸다.

하여 고개를 갸웃거리는데 스테파니의 환호성이 들린다.

"와아! 예뻐라!"

시선을 돌려보니 물속에서 무언가를 주운 듯하다. 곁에 있던 테리나 역시 뭔가를 찾는 듯 뒤지는 모습이다.

"……!"

대체 무엇을 주웠기에 저러나 싶었지만 내려가 보진 않았다. 마나와 기가 아무런 연관이 없다는 걸 도저히 믿을 수 없었기 때문이다.

"마나 디텍션!"

다시 한 번 마나를 탐지해 보았으나 콩고민주공화국 정글만큼이나 진하다는 것 말고는 더 이상이 없다.

"이상하네. 뭔가 있으니 그런 소문이 났을 텐데."

현수는 고개를 갸웃거렸다. 아무래도 이상하다 싶다.

"이럴 리가 없는데……."

현수의 이런 생각은 사실 틀린 것이 아니다. 마나는 기의 다른 모습이고, 기는 마나의 다른 형태이다.

어떻게 정제하여 흡수하느냐에 따라 마나가 되기도 하고 기가 되기도 하는 것이다.

아무튼 이곳은 기가 상당히 센 곳이다. 그런데 이렇게 된 것은 엘리디아 때문이다. 진화하기 전 엔다이론일 때 아주 오랫동안 이곳에 머물렀다.

지구상에서 가장 짙은 마나가 뭉쳐 있으니 머물기만 해도 빠른 진화가 이루어질 것이라 생각한 것이다.

엔다이론이 머무는 동안 일종의 마나 사이펀(Siphon) 현상이 빚어졌다.

이것은 위치에너지가 높은 곳에서 낮은 곳으로 유체가 이

동함에 있어 대기압보다 작은 압력이 작용할 때엔 동력이 없어도 높은 곳에서 낮은 곳으로 이동하는 현상이다.

불한바위 근처에 있던 마나가 모두 엔다이론에게 흡수되어 버린 것이다. 그 결과 지금과 같은 농도 감소 현상이 빚어졌다. 지형상 마나가 모이는 곳이기에 언젠가는 다시 채워지겠지만 제법 오랜 시간이 걸릴 일이다.

"와아! 나도 찾았어요!"

테리나 역시 무언가를 주워 들고 좋아한다. 현수는 더 이상 느껴지지 않는 마나에 대해 신경을 끊었다.

그리곤 물가로 내려갔다.

"대체 뭔데 그래?"

"이것 보세요, 이거! 예쁘죠? 그죠? 아이, 예뻐라!"

테리나가 들고 있는 것은 반투명한 조약돌이다. 에메랄드 빛이다. 크기는 대략 3캐럿 정도로 보인다.

"이걸로 반지 만들어 끼울까요?"

손가락 위에 대보고는 몹시 흡족하다는 표정을 짓는다. 별 가치 없는 작은 조약돌일 뿐인데 무엇이 이리 좋을까 싶다.

"그게 그렇게 좋아?"

"그럼요. 자기야랑 여기 와서 주운 거잖아요. 이건 기념품이에요. 예쁘죠?"

테리나의 얼굴에 환한 웃음이 어려 있다.

문득 이곳에서 엔다이론을 처음 만났을 때가 떠오른다.

"마스터를 만난 기념으로 소녀가 예물을 바치고 싶사온데 받아주셨으면 해서요."

이 말을 하곤 호수의 깊은 물속으로 사라졌다.

그리곤 얼마 지나지 않아 수면 위로 튀어 올라 발가벗은 몸에 묻은 물기를 털어냈다.

젖은 머리카락의 물기를 닦아낼 때는 너무도 섹시하여 현수는 저도 모르게 멍한 표정으로 보고 있었다.

"마스터, 소녀가 바치는 첫 정성이옵니다. 받으소서."

엔다이론이 내민 건 깊은 바다 빛과 같은 사파이어 목걸이였다. 무려 150캐럿이나 되는 것을 중심으로 좌우로 일곱 개씩 알이 박힌 것이다.

100→80→60→40→20→10→5 캐럿 순이다.

모두 합산하면 780캐럿이다.

이것들의 주위엔 다이아몬드로 장식되어 있다. 이 가운데에는 1캐럿이 넘는 것이 많다.

팔려고 마음먹고 세상에 내놓으면 대체 얼마를 받아야 할지 감조차 잡히지 않는 보물이다.

지난 2012년에 스위스의 한 보석회사가 150캐럿짜리 다이아몬드 반지를 선보인 바 있다.

커다란 원석을 반지 모양으로 깎은 것이다. 이것의 가격은

7,000만 달러라고 하였다. 한화로 840억 원이다.

다이아몬드와 에메랄드, 그리고 사파이어는 알이 크면 값이 비슷해진다. 이걸 감안하면 엔다이론이 예물로 바친 목걸이는 최하 1억 달러짜리이다.

어쨌거나 테리나는 이리냐가 예물로 받은 사파이어 세트를 패용한 모습을 본 적이 있다. 그것과 이것에 상당한 차이가 있음에도 못 느끼는 모양이다.

"테리나, 그거 진짜 에메랄드라고 생각해?"

"어머! 그럼 아니에요? 제가 보기엔 진짜 같은데……."

테리나는 공부에 열중하느라 다른 여인들처럼 화장하고 치장하는 데 시간을 쓰지 않았다. 보석의 종류는 알지만 실제로 본 적이 없다. 그래서 이리 살피고 저리 살펴본다.

현수는 결혼 예물을 신부들이 직접 고르게 한 바 있다.

지현은 다이아몬드 세트를 마음에 들어 했다.

반지는 5캐럿짜리 최상급 블루다이아몬드가 박혔는데 굳이 가격을 매기자면 약 2억 원 정도 한다.

약 100캐럿짜리 다이아몬드가 매달린 목걸이는 330억 원의 가치를 지닌 것이다.

귀걸이 역시 블루다이아몬드가 박혀 있다. 한쪽에 1캐럿이 조금 넘으니 1천만 원 정도 할 것이다.

팔찌는 미스릴이 주재료이고, 24개의 1캐럿짜리 블루다이아몬드와 여섯 개의 오렌지 다이아몬드로 장식되어 있다.

다이아몬드의 값만 따져도 3억 원은 가뿐히 넘긴다.

마지막은 브로치이다.

다이아몬드 이외에도 루비, 사파이어, 에메랄드 등으로 장식되어 있다. 이것의 가치는 100억 원 정도이다.

모두 빌모아 일족의 세공으로 만들어진 것이라 실제로 이보다 훨씬 더한 예술적 가치가 있는 것이다.

현수는 이것에 마법진 몇 개를 그려 넣었다.

반지엔 면역력 증진 마법인 임프로빙 이뮤너티와 늘 건강한 상태를 유지케 하는 바디 리프레시 마법진을 새겼다.

그리고 위기 상황이 되면 안전한 곳으로 이동케 하는 텔레포트와 앱솔루트 배리어 마법진 또한 그려져 있다.

이 밖에 위기에 처했을 때를 대비한 체인 라이트닝 마법진도 있다. 마법이 구현되면 반경 10m 내에 있는 모든 생물체는 아주 짜릿한 맛을 보게 될 것이다.

마지막은 도난을 대비한 귀환 마법이다. 현수가 주문만 외우면 언제든 아공간으로 회수된다.

연희에겐 에메랄드 세트를 주었고, 이리냐는 사파이어를 받았다. 이것들 역시 지현에게 해준 것과 같은 마법진이 새겨져 있다. 물론 눈에 보이진 않는다.

현미경을 들이대도 소용없다. 퍼펙트 트랜스페어런시가

보이지 않게 하기 때문이다.

현수는 슬쩍 아공간을 더듬었다. 테리나는 7월생이다. 하여 7월의 탄생석인 루비를 찾은 것이다.

정열의 색인 붉은빛을 띠는 루비는 힘과 권위, 불과 피, 정열과 사랑, 그리고 부와 지혜라는 의미가 부여되어 있다.

테리나가 조약돌을 이리 보고 저리 보고 있을 때 현수는 아공간에서 꺼낸 루비를 슬쩍 발밑에 떨어뜨렸다.

그래놓곤 짐짓 테리나에게 말을 걸었다.

"흐음! 내가 보기엔 그건 아닌 것 같아. 내가 봐서 아는데 에메랄드는 투명하거든."

"그래요? 그럼 어때요? 자기야랑 여기 와서 주운 건데."

"그럼 나도 한번 찾아볼까?"

현수는 짐짓 조약돌들을 제쳐보며 무언가를 찾는 척했다. 그러면서 발밑의 루비를 자갈 사이에 밀어 넣었다.

테리나는 하나 더 찾아보려는지 허리를 숙인다. 이때 현수는 떨어뜨린 루비를 찾아낸 척했다.

"어라, 이건……?"

현수가 뭔가를 주워 들자 테리나의 시선이 따라온다.

"어! 이건 루비 같은데?"

"어머! 정말요? 어디 봐요."

"자, 봐. 이 붉고 투명한 빛. 이건 루비가 맞아."

현수가 건넨 3캐럿 정도 되는 루비를 받아 든 테리나는 눈빛을 반짝인다. 자신이 보기에도 조금 전에 주운 것과는 확연히 차이가 나기 때문이다.

하긴 빌모아 일족이 공들여 깎고 연마까지 마친 것과 호수가의 조약돌을 어찌 비교하겠는가!

"와아! 예뻐요. 어떻게 이런 걸 찾아내셨대요?"

"그냥. 마음에 들어?"

"네, 그럼요! 이거 저 주세요. 네?"

얼마나 비싼 건지 모르기에 테리나는 장난감을 사달라는 아이처럼 갈구의 눈빛으로 현수를 바라본다.

"그래, 테리나 줄게. 가져."

"와아! 고마워요!"

너무도 기쁜 나머지 저도 모르게 현수의 목을 휘감으며 안는다. 앞쪽에서 뭉클함이 느껴졌지만 어찌 내색하겠는가!

"테리나, 그거 내가 세공해서 반지로 만들어줄게."

"어머! 정말요? 호호! 고마워요!"

테리나는 마음 변하기 전에 얼른 준다는 듯 손을 내민다. 이때 그리 멀지 않은 곳에 있던 스테파니가 다가왔다.

"대체 뭘 주웠기에 그래요? 저도 보여주세요."

"웅. 회장님이 루비를 주워서 주셨어."

"루비요?"

스테파니의 눈이 대번에 커진다. 호숫가의 작은 조약돌이 예쁘기는 하지만 보석은 아니라는 걸 잘 알기 때문이다.

"회장님, 그거 스테파니에게 보여주세요."

자랑하고 싶은 마음 때문일 것이다. 할 수 없이 내어주니 얼른 집어 들고는 빛을 비춰본다.

"어머! 어머머머! 이거 진짜 루비예요, 진짜 루비! 와아! 알도 크다! 3캐럿은 되겠어요. 근데 마치 세공해 놓은 것 같아요. 이걸로 그냥 반지 만들면 예쁘겠다."

스테파티가 좋아하는 모습을 보니 그냥 갈 수 없다. 하여 또 한 번 아공간을 뒤졌다.

페리도트(Peridot)가 좋을 것 같아 하나를 떨어뜨렸다. 이번 건 5캐럿쯤 되는 원석이다. 깎으면 조금은 줄어들 것이다.

페리도트라는 보석은 연록색, 또는 초록색인데 이브닝 에메랄드라는 사랑스런 별명을 가졌다. 달빛 아래에선 짙은 녹색으로 보이기 때문이다.

이 보석은 행복한 결혼과 지혜, 그리고 성실이라는 의미를 가졌다.

"흐음! 그럼 스테파니 것도 하나 찾아볼까?"

"저도 찾을게요."

현수가 허리를 숙이자 테리나 역시 물속을 들여다본다.

루비에 정신 팔려 있던 스테파니도 뭔가를 찾으려 할 때 현수가 소리쳤다.

"찾았다!"

"뭐예요, 뭐?"

"뭘 찾으신 거예요?"

"으응, 이거. 색깔을 보니 에메랄드는 아니고 페리도트 같은데?"

현수가 집어 든 페리도트 원석을 본 스테파니가 저도 모르게 입을 연다.

"페리도트는 8월의 탄생석인데 제 생일이 8월이에요, 회장님! 그거 저 주시면 안 돼요?"

"안 되긴, 스테파니 주려고 찾은 건데. 자, 받아."

"어머! 고마워라. 잠깐만요."

조금 전의 루비처럼 완벽하게 커팅되어 있는 것은 아니지만 아주 아름다운 빛을 띠고 있다.

보석에 일가견이 있는 스테파니는 이리저리 비춰보며 나름대로 감정을 한다.

"이거 페리도트 맞는 거 같아요. 제 생일이 8월이라 페리도트로 만든 귀고리가 있는데 이거랑 비슷해요. 감사합니다, 회장님!"

스테파니가 허리를 90°로 꺾으며 감사의 뜻을 표하자 현수는 아빠 미소를 지었다. 괜스레 흐뭇한 것이다.

"스테파니, 내가 세공까지 해서 줄게. 뭐로 만들어줄까? 목걸이? 반지?"

"으음! 목걸이로 해주세요. 반지는 신랑한테 받아야 하니까요. 괜찮죠?"

"그럼, 그럼. 알았어. 내가 아주 예쁜 목걸이로 만들어달라고 할게."

"호호! 네, 감사합니다, 회장님!"

호수가의 보석 줍기는 이렇게 해서 끝나야 했다.

그런데 화장실에 갔던 윌리엄 기장과 케르자코프가 돌아오자 오히려 본격적으로 바뀌었다.

둘 다 아내에게 줄 보석을 찾겠다며 눈에 불을 켠 것이다.

결국 윌리엄 기장은 5캐럿 정도 되는 토파즈 원석을 케르자코프는 4캐럿 정도 되는 오팔 원석을 찾았다.

물론 현수가 슬쩍 떨어뜨린 것이다.

케르자코프의 경우는 눈앞에 있는 것도 못 찾았다. 물이 난반사를 일으켜 분별이 쉽지 않기 때문이다.

너무 많은 시간이 흘러 얼른 호텔로 가고 싶은 현수가 슬쩍 끼어들지 않았으면 얼마나 걸렸을지 알 수 없다.

문제는 일행이 떠난 뒤 일어났다.

같은 장소에서 네 개의 보석을 찾았다는 소문이 관광객들에 의해 번져 나갔다. 하여 현수가 있던 곳을 중심으로 난리가 벌어진 것이다.

그러다 한 사람이 약 1캐럿 정도 되는 다이아몬드를 찾아냈다. 현수가 토파즈와 오팔을 꺼내면서 흘린 것이다.

질 좋은 블루다이아몬드를 주운 사람이 러시아어로 '심봤다'를 외쳤고, 모두들 부러운 눈으로 쳐다봤다.

이 다이아몬드는 오팔이 있던 곳 근처에 있었다. 그런데 물빛처럼 투명하여 현수의 눈에도 뜨이지 않았던 것이다.

알혼섬 불한바위 근처에서 보석이 발견된다는 소문이 나자 관광객들이 머무는 장소가 되었다.

약 한 달 후, 또 다른 사람이 다이아몬드를 줍는다.

이번엔 1.5캐럿 정도 되는 것으로 핑크다이아몬드이다. 이것 역시 현수가 흘린 것이다.

다음 날 불한바위 근처엔 보석이 발견되는 장소라는 입간판이 서고 사람들이 몰려든다. 물론 이후로는 오랫동안 보석을 주웠다는 사람은 나타나지 않았다.

더 이상 현수가 흘린 게 없기 때문이다.

아무튼 각각 하나씩의 보석을 갖게 된 일행은 희희낙락하며 호텔로 향했다. 일찍 자고 새벽에 피는 물안개를 본 뒤 이르쿠츠크로 돌아가기로 했다.

그런데 이곳에서 보석을 주운 기념으로 한잔하자는 말이나왔다. 술은 테리나가 산다고 한다.

결국 호텔에서 잔을 기울이게 되었다.

케르자코프는 자신이 낄 자리가 아니라며 고사했지만 같이 보석을 찾느라 애썼으니 합석하자 하여 같이 앉았다.

저녁 식사를 하면서 마시기 시작한 술은 12시가 넘도록 계속되었다. 남자들은 보드카를 마셨고 여자들은 발찌까 맥주를 선택했다.

"휴우~!"

룸으로 들어온 현수는 먼저 샤워를 했다. 윌리엄 기장이 뒤를 이어 샤워하는 동안 창밖을 보다 밖으로 나갔다.

시원할 것 같아서이다.

물론 시원하다. 영하 10℃ 정도이니 아주 상쾌한 기분이 든다. 오늘 하루는 유쾌한 날이었다.

이르쿠츠크에서 알혼섬까지 오는 동안 경치 구경도 했지만 많이 웃으면서 왔다. 서로 알고 있는 우스갯소리를 하면서 깔깔댄 것이다.

섬 구경도 잘했고 보석 줍기도 나름 재미있었다. 술자리도 아주 화기애애하고 좋았다.

케르자코프가 웃기는 이야길 너무 많이 알고 있어서였다.

넷만 마셨다면 자칫 무미건조할 수 있었는데 덕분에 거의 개그콘서트 수준이었다.

알고 보니 케르자코프는 코미디언이 꿈이었다고 한다.

산책을 마치고 돌아와 보니 윌리엄 기장은 잠들어 있다.

현수도 자기 위해 자리에 누워봤으나 졸리지 않다. 아무리 많이 움직여도 피로가 쌓이지 않는 체질이 된 때문이다.

그냥 있느니 구경이나 하자는 마음으로 다시 나왔다. 이미 깊은 밤이 되었는지라 남의 눈을 의식할 필요가 없었다.

"텔레포트!"

현수의 신형이 다시 나타난 곳은 불한바위 근처이다.

자신이 짐작한 마나와 기의 상관관계가 틀어진 것이 마음에 걸려 재확인하려 온 것이다.

"흐음!"

불한바위 위에 앉아 마나심법을 가동시켰다.

확실히 지구의 다른 곳보다 많은 마나가 있기는 하지만 아르센 대륙처럼 진하다고는 할 수 없었다.

새벽이 되어 동이 틀 때까지도 현수는 눈을 뜨지 않았다. 일종의 삼매경에 깊이 빠져 있었기 때문이다.

"흐으음!"

호흡을 갈무리하고 눈을 떴다.

느낌상 심신이 조금 더 상쾌해진 것 같다. 싸늘한 새벽 공기가 살갗을 자극해서일 것이다.

"벌써 날이 밝았군. 텔레포트!"

호텔로 되돌아와선 따뜻한 물로 샤워했다. 안 씻어도 되지만 자고 일어난 척하느라 그런 것이다.

다 씻고 커피숍으로 내려가니 테리나가 먼저 와 있다.

"잘 잤어?"

"네, 자기야도 잘 잤어요?"

사람들의 이목이 있어 동침하지 못한 것인 섭섭한지 테리나는 현수가 앉자마자 자리를 옮기더니 팔짱부터 낀다.

"나는 잘 잤지. 오늘 우리 스케줄은 뭐야?"

"여기 조금 더 둘러보고 이르쿠츠크로 되돌아가는 거에요. 근데 그다음 스케줄은 뭐죠?"

"일단 네르친스크에 들렀다가 몽골로 들어갈 거야."

"거기도 여기처럼 측량 작업이 진행되나요?"

"아니. 거긴 아직 아무도 파견되어 있지 않아. 거길 책임져 줄 사람을 아직 못 구해서 그래."

테리나는 고개를 끄덕인다. 대한민국보다도 큰 영토에 나라를 하나 새롭게 만드는 것이나 다름없는 일이다.

당연히 총괄할 능력자를 찾는 것이 쉽지 않을 것이다.

"유리 파블류첸코 씨와 안드레이 자고예프 씨를 선택한 건 정말 잘한 일이에요. 통화할 때마다 얼마나 대단한 인재들인지를 깨닫거든요."

"그래? 그거 다행이군."

알렉세이 이바노비치와 인연을 맺지 않았으면 만나지 못

했을 사람들이다. 그렇기에 괜스레 기분이 좋아진다.

"아침은 뭐래?"

"뷔페식인데 아직 문 안 열었어요. 한 이십 분쯤 더 있어야 해요."

"그래? 그럼 새벽 산책 어때?"

"저야 좋죠!"

발딱 일어선 테리나는 여전히 베이지색 투피스이다.

"옷은 그거밖에 안 가져왔어?"

"아뇨. 있는데 이르쿠츠크에 있어요. 여기서 하루 잘 것이라곤 생각지 못했거든요."

"오케이! 알았어. 가지."

팔짱을 끼고 호텔 객실을 한 바퀴 빙 돌았다. 연립으로 지은 단층 방갈로를 붙여놓은 것 같다.

보온을 위해 따닥따닥 붙여 지었고, 방마다 바이칼호를 볼 수 있도록 일자로 지은 아주 특이한 호텔이다.

보고 싶어 본 것은 아닌데 몇몇 객실에만 손님이 들어 있다. 아직 관광 시즌이 아니라 그럴 것이다.

식사를 마치고 한 바퀴 더 돌아보고 이르크추크로 되돌아왔는데 도착해 보니 밤이다.

오는 내내 케르자코프의 개그 쇼는 계속되었다.

러시아어를 잘 모르는 윌리엄과 스테파니까지 깔깔거린

건 슬쩍 통역 마법을 걸어준 때문이다.

너무 자연스러워서 이들 둘은 마법 덕분에 러시아 방언까지 알아들었음을 알지 못한다.

"다녀오셨습니까? 즐거운 시간을 보내셨는지요?"

"총지배인님 덕분에 아주 즐겁고 편하게 다녀왔습니다. 배려에 감사드립니다."

"귀빈께서 흡족하셨다니 즐겁군요. 기념사진을 찍어도 되겠는지요?"

"아, 물론입니다."

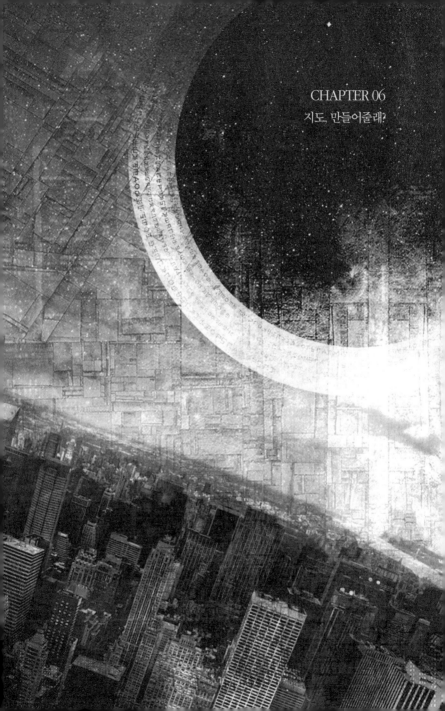

CHAPTER 06
지도, 만들어줄래?

현수는 총지배인과 몇 컷의 사진을 찍었다. 축구공을 가져와 사인도 해줬다.

호텔의 홍보를 위해 써도 괜찮겠냐는 말에 흔쾌히 고개를 끄덕여 주었고, 축구공을 더 청해 사인을 해줬다.

현수의 사인이 들어간 스물네 개의 축구공은 이 호텔에 손님을 끌어모으는 마법을 보일 것이다.

축구의 신 김현수가 다녀간 호텔에서 하룻밤이라도 머물면 추첨을 통해 사인 볼을 받을 수 있기 때문이다.

당첨자 수는 매달 두 명이며, 1년간 이벤트가 진행된다.

이에 대한 소문이 전 세계적으로 번져간다.

예전 같으면 어림도 없을 일이지만 인터넷은 이를 가능케한다. 총지배인은 먼저 자신의 트위터에 호텔을 배경으로 현수를 찍은 사진과 사인 볼 사진을 올린다.

아래엔 이벤트에 대한 내용이 담겨 있다.

직원들이 가장 먼저 리트윗을 하고 지인들을 통해 전 세계로 번져 나간다. 그런데 메리어트 호텔은 세계적인 체인 호텔이다. 따라서 엄청난 속도로 퍼진다.

호텔 홈페이지는 방문객이 쇄도하여 여러 차례 다운되는 기현상을 겪는다. 곧이어 예약 신청이 물밀 듯 몰려든다.

축구의 신이 머문 곳에 자신도 있어보고 싶은 마음과 더불어 사인 볼을 받고 싶은 열망 때문이다. 게다가 이곳에 오면 바이칼호 관광까지 할 수 있다.

일석삼조 이상이니 오지 않을 이유가 없는 것이다.

덕분에 이르쿠츠크 메리어트 호텔은 최고의 호텔로 발돋움하게 된다.

"오늘도 피곤했지?"

"조금요. 그래도 좋았어요. 근데 걱정이에요."

"뭐가?"

"케르자코프 씨가 너무 웃겨서 눈가에 주름이 잡힐 것 같아서요."

"그런 건 슈리리어 듀 닥터로 해결되는 건데, 뭘."

"참, 그렇죠? 그건 정말 좋은 화장품이에요."

테리나는 크게 고개를 끄덕인다. 샤워를 마치고 창밖 풍경을 즐기며 간단히 맥주 한잔을 했다.

현수는 호시탐탐 기회를 노리는 테리나의 속셈을 눈치챘다. 어차피 다른 사내는 눈에 들지 않으니 죽이 되든 밥이 되든 육탄돌격을 하겠다고 마음먹은 것이 느껴진다.

"슬림!"

"끄웅!"

말 한마디에 스르르 테리나의 신형이 무너진다. 조심스레 침대로 옮겨놓곤 이불까지 잘 덮어줬다.

"찾아보면 괜찮은 사내 있을 거야. 그러니 정신 좀 차려."

자신에게 빠져 허우적거리는 테리나가 안타깝고 불쌍하지만 어쩌겠는가!

나직이 중얼거린 현수는 아리아니를 불렀다.

"아리아니!"

현수와 아리아니는 혼령으로 이어진 것이나 다름없다.

현수의 목숨이 다하는 날 별다른 이야기 없이 사망하면 아리아니는 소멸된다. 켈레모라니처럼 훗날 어떻게 하라는 지시를 내려야 존재를 유지할 수 있는 것이다.

세상 모든 식물을 다스릴 초자연적인 존재인지라 아무리

먼 곳에 있어도 아리아니와는 연락이 닿는다.

어쨌거나 약 3분쯤 지났을 때 아리아니가 나타난다.

"부르셨어요, 주인님!"

"그래. 내가 지시한 일들이 어떻게 되었는지 궁금해서. 얼마나 더 기다리면 끝나?"

기다렸다는 듯 아리아니가 쫑알거린다.

"작은 땅이 아니잖아요. 그리고 지시하신 일은 세밀한 조사가 필요하구요. 그래서 며칠 더 있어야 해요. 근데 무슨 문제 있어요?"

"문제는 없는데 내가 여기서 얼마나 더 기다려야 하나 해서 그러지."

"아! 그거라면 걱정 마세요. 애들 모두 주인님의 뜻을 확실히 알았으니까 군이 여기 안 계셔도 알아서 다 할 거예요. 끝나면 제가 데리고 갈게요."

별일 아니다 싶은지 연신 날갯짓을 하며 현수의 주위를 빙빙 돈다.

"아리아니, 정신 사나우니까 가만히 있어주면 안 돼?"

"네에. 근데 저 식혜랑 당근주스 주시면 안 돼요? 요즘 그거 맛을 못 봐서 그런지 조금 그래요."

"그래? 잠시만."

딱―!

각각의 캔을 따서 주니 벌컥벌컥 들이켠다.

"하음! 식혜는 괜찮은데 당근은 이상한 걸로 만들었나 봐요. 맛이 텁텁해요."

아마도 오염된 토양에서 생장한 당근을 갈아서 만들어 그럴 것이다.

"자치령 개발이 끝나면 직접 만들 거야. 그때는 맛있는 걸로 실컷 마시게 해줄게."

"헤헤! 네, 기대할게요."

아리아니는 현수가 앉은 소파 앞 탁자에 엎드린다. 두 팔로 턱을 괸 자세라 둔부가 그대로 보이지만 매우 귀엽다.

여자의 몸이지만 크기가 겨우 30㎝ 정도인지라 마치 어린아이를 보는 듯하다.

현수는 지도를 꺼냈다. 이번 것은 몽골 지도이다. 이전처럼 붉은색 실선으로 이실리프 자치령이 표기되어 있다.

"여기 이곳도 내가 다스릴 땅이야."

"지금 조사하는 곳 바로 남쪽이네요."

"그렇지? 이곳 역시 지도가 필요해. 이런 지도 말고 아주 상세한 지도와 지형도, 그리고 지하자원 분포 지도, 수맥 지도 같은 거."

아리아니는 이내 고개를 끄덕인다.

"저는 바이롯같이 특이한 게 있나 찾아보는 거죠?"

"그래, 그리고 엊그제는 내가 깜박했는데 농사를 지었을 때 작물이 잘 자랄 장소도 파악해 줘."

또 고개를 끄덕인다.

"네, 확실하게 파악해 둘게요. 근데 전에 그것과 이 지도는 아공간에 넣어두세요. 제가 필요하면 들어가서 파악하게요."

"오케이! 알았어. 그럼 난 곧장 북한으로 갈게. 거기가 어딘지 알지?"

"네, 주인님의 나라 북쪽에 있는 땅이잖아요."

"그래. 거기서 며칠 머물 거야. 그러니 여기 일 끝나면 곧장 거기로 와줘."

"알겠어요."

아리아니는 걱정 말라는 듯 크게 고개를 끄덕인다. 그런데 문득 차이야 엘벡도르지 몽골 대통령의 모습이 떠오른다.

처음 만날 때도 테리나가 동행했다.

당시 몽골 대통령의 비서실장은 폰착 차장이었다.

몽골의 병력은 10,850명이다.

해군은 없고 공군은 800명뿐이다. 지나가 침공했을 때 보유하고 있던 전차 410대 중 283대가 파손된 바 있다.

이 과정에서 상당히 많은 육군 병력이 희생되었다.

급한 마음에 러시아에 지원 요청을 하였고, 지나는 러시아의 무력에 굴복해서 물러났다.

그리고 얼마 지나지 않아 몽골은 푸틴의 압력을 이길 수 없어 현수에게 10만 8,123㎢의 조차지 제공에 동의할 수밖에 없었다.

몽골의 영토 대부분이 스텝 지역인지라 조차지를 주면 농사를 짓겠다는 말이 우습게 들렸으나 어쩌겠는가!

푸틴의 전화 한 통에 차히야 엘벡도르지 몽골 대통령은 동의한다고 하였다. 그 대가로 막대한 양의 금괴를 제공한다고 하였지만 그게 온전히 몽골 정부의 관리하에 놓일 것이라곤 상상치 않았다.

일정 부분은 러시아로 흘러들 것이라 생각한 것이다.

어찌 되었든 현수는 엘벡도르지 대통령을 만났다. 조차지 결정이 난 이후의 일이다.

당시의 현수는 푸틴의 압력을 이기지 못했음을 알기에 약소국 수반의 마음을 헤아려 줬다.

그래서 고마움의 뜻으로 초이발산 남쪽, 그러니까 이실리프 자치령 남쪽 탐삭블락 지역을 농지화해 준다고 했다.

이곳이 농지가 되면 몽골은 더 이상 농산물을 지나로부터 수입하지 않아도 되니 아주 좋은 조건이다.

이 지역은 지나와 국경을 접한 지역으로 약 10만㎢에 이르는데 이실리프 자치령과 맞닿아 있다.

그런데 초원만 있기에 농사짓기엔 적합하지 않다.

농사에 필요한 물이 없는 것은 아니다.

지나의 영토에 속해 있는 북쪽 호륜호로부터 흘러드는 강이 있어 용수를 공급 받을 수는 있다.

그런데 염분 농도가 높아 농사를 지었다간 소출이 없을 확률이 매우 높다.

소금물을 견뎌내는 농작물은 없기 때문이다.

아무튼 이곳을 농지로 만들어주는 대신 고비사막을 농지로 사용케 해달라고 했다. 조차지완 별도이다.

약 112만 5,000㎢에 이르는 고비사막은 대한민국 면적의 11.3배쯤 되는 넓이이다.

현수가 이곳을 농지 운운한 것은 매년 봄마다 황사를 일으키기 때문이다. 그래서 대한민국 봉사단원이 매년 고비사막에 와서 나무를 심고 간다. 사막이 더 넓어지는 것을 막는 것과 황사를 방지하려는 의도이다.

현수가 이렇듯 허무맹랑한 제안을 한 것은 아리아니와 사대정령을 활용할 수 있기 때문이다.

고비사막의 지하엔 막대한 지하수가 존재한다. 문제는 이것도 염수라는 것이다. 따라서 웬만해선 고비사막을 농지로 사용할 수 없다. 농사를 짓기 위해 물을 부으면 짠물이 되기 때문이다.

그런데 현수에겐 엘리디아와 노에디아가 있다.

엘리디아는 물속의 염분을 분리해 낼 능력이 있고, 노에디아는 농사를 짓지 않는 땅의 부엽토를 모래 속으로 끌어들일 능력이 있다. 적당히 소금을 분리해 내는 시늉만 하면 알아서 농지로 전환시킬 것이다.

이뿐만이 아니다. 엘벡도르지 몽골 대통령과의 만남에서 현수는 자치령을 방어하기 위한 전차와 헬기, 그 전투기를 보유하겠다는 의사를 분명히 했다.

자치령의 일부가 지나의 국경과 맞닿아 있기 때문이다.

엘벨도르지 대통령은 FA-50과 수리온 등을 생산하는 KAI가 현수의 소유라는 말에 의자를 당겨 앉았다.

그리곤 이렇게 물었다.

"그럼 그 좋은 무기를 우리도 가질 수 있을까요?"

이에 대한 현수의 답변은 이랬다.

"그게 한국을 겨냥하는 것이 아니라면 그럴 수도 있습니다. 다만 극도의 보안 유지가 필요하겠지요. 러시아엔 공급할 수 없을 수도 있으니까요."

엘벡도르지 대통령과 비서실장 폰착 차강은 얼른 고개를 끄덕였다.

세계 최고의 IQ라 인정되는 현수의 천재적인 발상이 적용된 첨단 무기를 갖는다면 더 이상 지나를 신경 쓸 이유도 없고 러시아에 기댈 일도 없기 때문이다.

그 덕에 모든 일은 일사천리로 끝났다. 문제는 그 이후에 진척된 게 아무것도 없다는 것이다.

자치령 개발을 위한 책임자조차 뽑아놓지 않았다. 적임자를 찾을 수 없었기 때문이다.

이런저런 생각을 하고 있는데 테리나가 깨어난다. 슬립 마법으로 재웠는데 이례적인 일이다.

오늘 현수와 사건을 일으키고야 말겠다는 상념이 너무도 강했기에 마법을 이겨낸 것이다.

어쨌거나 문득 생각나는 인물이 있다.

"하암! 자기야, 아직도 안 잤어요?"

"응. 근데 테리나, 메모 좀 해줄래?"

번뜩이는 상념은 잊기 전에 메모해 두어야 한다.

"네, 말씀하세요."

테리나는 찍소리 않고 협탁에 놓은 다이어리를 펼친다. 공식적인 업무인지라 법률고문으로서 할 일을 하기 위함이다.

"한국엔 KSTAR라는 것이 있어."

"알아요. 국가핵융합연구소지요."


1987년 미국과 구소련, 그리고 EU와 일본은 ITER 프로젝트를 진행하기로 합의했다.

International Thermonuclear Experimental Reactor의 약자

인 이것은 핵융합연구 에너지 프로젝트이다.

각자가 플라즈마[4] 연구를 어느 정도 진행한 상황이기에 힘을 합쳐서 제대로 해보자는 시도였다.

그런데 1988년에 시작된 ITER 프로젝트는 구소련 붕괴로 재정 상태가 악화되고, 미국이 독자 개발을 하겠다며 탈퇴하면서 존립 위기를 맞았다.

하지만 EU와 일본은 지속적으로 노력했고, 미국은 독자 개발 실패 후 재가입을 신청했다.

그러다 2001년이 되어 핵융합 설계도가 나왔다. 15년 만의 일이다. 그런데 가능한 실험 여부에 대한 갑론을박이 많았다. 엄청난 비용이 드는데 확실하지 않았던 것이다.

일련의 과정 동안 한국은 지속적으로 참여 요청을 했지만 매번 매몰차게 거절당했다.

이에 한국은 1995년부터 독자적으로 핵융합 연구를 시작하였고, 2003년에 이르러 KSTAR라는 핵융합로를 거의 완성하기에 이른다.

ITER가 15년간 설계를 하고도 가능성 여부를 확인하지 못한 일을 한국은 단 8년 만에 완공을 눈앞에 둔 것이다.

세계 최고의 기술력을 가진 미국조차 독자 개발에 실패한 것을 한국이 해냈기에 모두의 시선이 쏠렸다.

---

4) 플라즈마(Plasma) : 초고온에서 음전하를 가진 전자와 양전하를 띤 이온으로 분리된 기체로 고체, 액체, 기체에 속하지 않는 제4의 상태.

하여 ITER사업단은 한국을 방문했다. 2003년에 있었던 일이다. 이들은 한국이 KSTAR 기술을 이전해 주는 조건으로 ITER에 가입시켜 주었다.

그다음으로 가입한 국가는 인도이다. 엄청난 금액의 분담금을 냈기에 가능한 일이다.

현재 미국, 일본, 지나, EU, 인도, 러시아, 한국 등 일곱 개 국이 참여하는 이 사업은 우주정거장 이후 세계 최고의 프로젝트이다.

어쨌거나 연구실에서만 사용되는 소형 핵융합로가 아닌, 실제로 발전 가능한 대형 핵융합로를 만들 수 있는 기술을 보유한 국가는 대한민국이 유일하다.

최근 ITER은 프랑스에 핵융합로 건설을 시작으로 총 35년에 달하는 세계적인 프로젝트를 진행하는 중이다.

총 사업비는 50억 유로이다. 한화로 약 7조 원이다.

이 중 한국의 분담금은 10% 정도이다.

이 사업은 미래의 안정적인 에너지 확보를 위해 선진국에서도 사활을 걸고 있는 에너지 프로젝트이다.

성공만 하면 지구 위에 엄청난 에너지를 뿜어내는 인공 태양을 만드는 것과 동일하기 때문이다.

그런데 정부에선 10년간 동고동락하며 세계 최고의 기술을 키워온 연구진의 수장을 잘랐다. 세계 최초로 순수 우리 기술로 플라즈마를 형성시키기 직전의 일이다.

정치 따위엔 아무런 관심도 없으며 오로지 한국을 세계 최고의 에너지 강국으로 만들기 위해 묵묵히 노력해 오신 분들을 잘라낸 것이다.

잘라낸 논리는 정치이다.

정말 쓰레기만도 못한 정부였다고 평가된다. 따라서 이 일과 관련된 자는 모두 능지처참에 처해야 마땅하다.

아무튼 그래놓곤 언론을 통제했다.

통제당한 언론은 병신이고, 통제하도록 한 자들은 죽어서도 부관참시를 당해야 한다.

"그때 해고당한 기술진 전원을 스카우트하도록!"

"전부요?"

"그래. 그들이 원하는 직원은 누구라도 뽑아. 단 광신자와 특정 사이트 회원은 불가하다는 거 알지?"

"그럼요. 회장님이 그런 사람들을 얼마나 싫어하는지 잘 알고 있어요."

테리나는 걱정하지 말라는 듯 환히 웃는다.

"그들의 임지는 몽골이 될 거야. 적당한 곳에 자리하도록 입지를 고르라고 하고 뭐든 지원해."

"······!"

테리나는 대꾸하지 않고 현수를 바라본다. 진심이냐는 표정이다.

"비용은 얼마가 들던 상관없어. Y—STAR 사업에 최선을 다해주기만 하면."

"와이스타라니요?"

"Korea Superconducting Tokamak Advanced Research의 약자가 KSTAR야. Y—STAR의 Y는 이실리프(Yisilipe)의 이니셜이지. 한국은 인재를 키울 줄 모르는 나라지만 이실리프 자치령은 아니거든."

"아! 근데 그거 비용이 많이 들어요. 제가 알기론 2004년도에만 2조 원이 들었다고 해요"

현수는 단호한 표정을 짓는다.

"괜찮아. 매년 200조 원씩 100년이 걸려도 할 거니까."

"…알겠습니다."

핵융합발전이 성공하면 에너지 걱정은 하지 않아도 된다.

예를 들어, 어느 가구에서 전기를 이용한 난방 기구를 사용했다. 이렇게 하여 월 1,313㎾를 사용했을 경우 전기 요금은 79만 2,530원이 청구된다.

만일 핵융합발전이 성공한다면 현수는 단돈 1,000원만 청구할 예정이다. 점검비용 정도만 받고 전기는 무상으로 공급할 생각인 것이다.

몽골에서 Y—STAR가 성공되면 러시아, 콩고민주공화국,

에티오피아, 케냐, 우간다의 자치령에 가장 먼저 설치할 것이다. 조차지를 제공한 각각의 나라엔 아주 저렴한 가격으로 전기를 공급할 생각이다.

북한과 남한에도 설치는 하겠지만 남한의 경우는 이전 정부 인사들의 집과 직장에는 제공하지 않을 것이다.

예를 들어, 이전 정부 인사가 국회의원이 되었을 경우 국회엔 전기 공급을 하지 않는다. 그 인간 때문에 국회가 상당히 많은 전기 요금을 부담하고 있음은 금방 알려질 것이다.

다음 선거에서 어찌 될지는 뻔하다.

속 좁고 뒤끝 작렬이라 하겠지만 개의치 않는다. 그만한 대가를 치러야 할 인간들인 때문이다.

"그 사람들 급여는 어떻게 해요?"

"당연히 세계 최고 수준이지. 전에 얼마를 받았는지 묻고 그것의 열 배를 연봉으로 책정하라고 해."

나중에 현수는 깜짝 놀란다.

Y-STAR 연구원들의 급여가 생각보다 적어서이다.

한국에서 받은 연봉이 워낙 형편없어서 열 배를 주는데도 큰 액수가 아닌 것이다.

이런 걸 보면 대한민국은 확실히 과학자와 기술자에 대한 처우가 열악하다. 하여 연봉을 대폭 올려준다.

Y-STAR는 인류의 에너지 문제를 해결해 줄 아주 중요한

기술이다. 그런데 한낱 축구선수의 연봉보다 적은 급여를 지불하는 건 난센스가 분명하다.

참고로, 레알 마드리드와 계약된 호날두의 연봉은 2,000만 유로이다. 한화로 약 272억 원이다. Y—STAR 연구소의 재직하는 연구원들의 급여는 모두 이보다 많다.

축구보다 훨씬 더 인류에 도움 되는 일을 하는 분들이니 당연하다.

호날두의 선수 생명은 길어야 10년이지만 Y—STAR 연구원들은 정년이란 것이 없다.

그리고 이실리프 의료원에서 건강관리를 받는다.

나중의 일이지만 회복 포션과 마나 포션을 원액으로 제공받을 자격이 부여받기 때문이다. 무병장수한다는 뜻이다.

그럴 만한 가치를 가졌으니 그만한 대우를 해주는 것이다.

결론부터 말하자면 Y—STAR는 성공한다.

1억℃에 이르는 열을 컨트롤하는 것이 최대 관건이었는데 불의 정령 이그드리아의 분체가 그 역할을 맡기 때문이다.

열이 강하면 강할수록 이그드리아에겐 이익이다. 분체가 경험하는 열은 이그드리아도 느낀다.

강하면 강할수록 더 큰 능력을 가질 수 있으며 진화에도 도움이 된다. 그렇기에 이그드리아는 기꺼이 자신의 분체들을 Y—STAR에 제공한다.

일련의 일은 10년쯤 지난 후에 있을 것이다.

아무것도 없던 몽골의 이름 없는 허허벌판에 연구소와 실험실 등이 조성되는 데 걸린 시간이 거의 태반이다.

기술적으로 이미 완성되어 있고, 최대 난관인 고온을 컨트롤하는 걸 현수가 해결해 주었기에 실제로는 2년밖에 걸리지 않았다. 실로 대단한 성과이다.

"한국은 자기야 말처럼 과학자와 기술자에 대한 처우가 열악한데 그들은 어쩌실 건데요?"

"그건 걱정하지 마. 민주영 사장이 헤드헌팅을 시작했으니까. 국내는 물론이고 해외에 나가 있는 고급 인력을 채용하고 있을 거야."

이실리프 그룹은 다양한 분야의 사람들이 필요하다. 농사지을 사람도 있어야 하고 민물 양식을 할 사람도 필요하다.

회계사도 있어야 하고 수입과 수출 업무를 맡을 사람도 필요하다. 하여 많은 사람을 고용하는 중이다.

자치령 개발과 발전을 위해선 기술자와 과학자도 필요하다. 그렇기에 민주영 사장이 직접 헤드헌팅에 나선 것이다. 물론 이실리프 브레인의 이준섭 대표도 움직이는 중이다.

이들의 목표는 능력은 있지만 그게 걸맞은 대우를 받을 수 없어 외국에서 떠도는 고급 인력이다.

고액 연봉과 전폭적인 연구 지원, 그리고 자유로운 연구 분위기 조성 등을 제시하면 열에 아홉은 사인한다고 한다.

"근데 안 자요?"

"자야지. 졸려?"

"네에, 지금 한밤중이잖아요."

테리나는 암고양이처럼 현수를 살핀다.

"자야지. 자자. 조금 고단하네."

현수는 가운을 벗고 침대에 누웠다. 테리나는 기다렸다는 듯 품을 파고든다.

"아아! 좋아요."

현수의 가슴엔 팔을 얹고 다리는 허벅지 위에 올린다. 그리곤 얼굴을 묻고 잠을 청한다.

그런데 테리나의 심장의 박동이 점점 빨라짐이 느껴진다. 뭔가 기회를 노리는 것이 분명하다.

"자기야, 오늘 밤 우리……."

"딥 슬립!"

"……!"

현수의 나직한 말 한마디에 테리나가 고개를 떨군다.

테리나의 염원이 아무리 강해도 딥 슬립은 이겨내지 못할 것이다. 흉포한 오우거도 최소 12시간은 꿈나라를 헤맬 강력한 마법이기 때문이다.

"미안해. 하지만 편히 자."

테리나가 잠들자 현수는 다시 일어났다. 다 큰 처녀를 끼고 있을 수는 없어서이다.

"흐음! 몽골에 안 가려 했는데 할 수 없군."

밤은 점점 깊어갔고, 현수의 상념 또한 깊어갔다.

*　　*　　*

"오랜만입니다, 대통령님."

"하하! 반갑습니다, 김 회장."

엘벡도르지 몽골 대통령은 하던 일을 멈추고 자리에서 일어나 환한 미소를 지어 보인다. 국가의 귀빈이 왔으니 예로써 맞이하는 것이다.

"그간 안녕하셨지요?"

"그럼요. 김 회장님도 잘 지냈나 봅니다."

"네에, 조금 바쁘기는 했지만 잘 지냈습니다."

"그러신 모양입니다. 조차지 때문에 온 사람들은 기자뿐이거든요."

엘벡도르지 대통령은 현수가 조차지를 얻어놓고도 딱히 한 일이 없음을 지적하는 것이다.

"네에, 죄송합니다. 하지만 이곳에 움직임이 없다 하여 손 놓고 있던 건 아닙니다. 아실지 모르겠습니다만 현재 정밀 측량을 하는 중입니다."

"호오, 그래요? 한국에서 측량팀이 들어왔다는 이야기는
못 들었는데……."

"아! 그 사람들은 러시아 이실리프 자치령을 통해 들어갔
습니다. 앞으로는 울란바토르를 통해 가도록 하겠습니다."

이실리프 자치령을 개발하려면 엄청난 자본뿐만 아니라
상당히 많은 사람이 필요하다.

몽골의 수도 울란바토르를 거치게 되면 적어도 하루는 숙
박을 해야 한다.

이 과정에서 일종의 관광 수입이 발생하게 되는데 워낙 인
원이 많아 액수가 클 것임을 이야기하는 것이다.

"탐삭블락 지역은 어찌 되는지요? 곧 봄이 올 텐데 가급적
빨리 농지조성이 되었으면 합니다."

이 지역 또한 대한민국 영토보다 넓다. 따라서 하루 이틀에
끝날 일이 아니며, 최소 10년은 지나야 된다는 걸 알면서도
조금이라도 시간을 당겨보려는 의도이다.

"조차지 측량을 마치는 대로 그곳 또한 조사하고 조치를
취할 것입니다. 고비사막도 마찬가지구요."

"김 회장님은 대단한 부자인가 봅니다. 이런 일은 사실 세
계 최고의 부자라 하는 빌 게이츠도 엄두조차 못 낼 일인데
말입니다."

"운 좋게 금광을 발견해서 가능한 일이지요."

"그렇군요. 그나저나 용무가 있으신지요?"

"대통령님을 뵌 지 오래되었고 상의할 일도 있고 하여 찾아뵈었습니다. 바쁘신데 방해가 된 건 아닌지요?"

"무슨 말씀을……. 우리는 김 회장님의 방문을 언제든 환영합니다. 좋습니다. 저와 의논할 일이라는 게 뭔지 말씀해주십시오."

엘벡도르지는 무슨 말이든 들을 준비가 되어 있다는 표정으로 현수를 바라본다.

"남바린 엥흐바야르 전 대통령……."

현수의 말은 중간에 끊겼다.

"설마 전 대통령에 대한 사면 때문입니까? 그거라면 반기문 UN 사무총장의 요청을 받아 이미 이루어졌습니다."

남바린 엥흐바야르는 1958년 생으로 2005년부터 2009년까지 몽골의 대통령이었다.

구소련과 영국의 대학을 졸업한 후 시인 및 번역가로 활동하다가 정계에 입문한 인물이다. 몽골 역사상 최초로 국회의장과 국무총리, 그리고 대통령직을 역임한 바 있다.

좌파 정당 출신이지만 재임 시절엔 사회주의 국가이던 몽골을 자유민주주의 국가로 탈바꿈하려 노력하였다.

하여 로이터통신은 남바린 엥흐바야르에게 '아시아의

토니 블레어5)' 란 별명을 붙여주었다.

재선에 실패하자마자 부패 혐의로 체포되어 수감됐는데 정적들에 의한 정치 보복이다. 그리고 대통령의 말대로 작년 8월에 사면을 받아 풀려난 상태이다.

현재는 재임 중 각별한 관계를 유지하던 대한민국으로 망명을 준비 중인 상태이다. 정적들에 의한 재수감이 가능한 상황이기 때문이다. 이는 현수가 모르는 일이다.

아무튼 남바린 엥흐바야르 전 대통령은 현재 몽골 인민혁명당(MPRP) 총재를 맡고 있다.

---

5) 토니 블레어(Tony Blair) : 노동당 당수. 영국의 총리로 3기 연속 집권한 정치인.

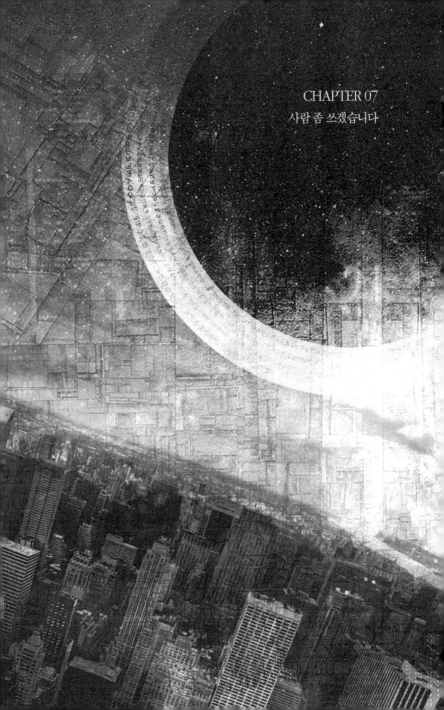

# CHAPTER 07
### 사람 좀 쓰겠습니다

전능의팔찌
THE OMNIPOTENT
BRACELET

"아, 그렇습니까?"

현수는 남바린 엥흐바야르가 정적들에 의해 정치 보복을 당하고 있음을 모르고 있었다. 그렇기에 낮은 탄성을 냈다.

"그런데 전 대통령은 왜……?"

"그전에 두 분 사이의 관계를 여쭈어도 되겠습니까?"

"우린… 나쁘지 않습니다. 전임 대통령의 국정 철학에 동의하는 부분도 많고요."

엘벡도르지 대통령의 말의 저간에는 자신을 대통령이 되도록 힘을 기울여 준 민주당(MNDP)마저 완전히 장악한 것은 아니라는 뜻이 담겨 있다. 다시 말해 남바린 엥흐바야르가 수감된 건 본인의 뜻이 아니라는 것이다.

"그분은 우리 자치령으로 모셔서 중히 썼으면 합니다. 대통령님의 의견은 어떠신지요?"

"그건……."

엘벡도르지 대통령은 한 번도 생각해 보지 않은 이야기인지라 즉답하지 못하고 잠시 우물거린다.

이때 곁에 있던 테리나가 끼어든다.

"남바린 엥흐바야르 전 대통령은 이실리프 자치령의 개발에만 힘을 쏟을 겁니다. 몽골 사람이 많이 들어와 살겠지만 그들이 정치 세력화되는 일은 없을 거구요."

가려운 데를 긁어주는 말이었나 보다. 잠시 더 시간을 갖고 생각하던 엘벡도르지 대통령이 고개를 끄덕인다.

"나쁘지 않군요. 그분이 여기 계시면 계속해서 분란이 발생될 것이라 생각했습니다."

사면을 받아 풀려난 남바린 엥흐바야르에게 원한을 품은 자들에 의한 재보복이 우려된다는 뜻이다.

그럴 경우 인민혁명당과 민주당은 더욱 격렬한 분쟁에 휩싸이게 된다. 정치적으로 불안한 나라는 제대로 된 발전을 이룰 수 없다.

한시바삐 처리되어야 할 법안이 의결에 상정조차 되지 못하면 민생에 해를 끼칠 수도 있고 국가 발전의 발목을 잡을 수도 있기 때문이다.

가장 확실한 예로 대한민국 국회를 들 수 있다.

늘 분쟁만 일삼고 상대 당의 의견은 무조건 반대하며 시간을 질질 끈다. 싸움박질 이외엔 아무것도 하는 일도 없으면서 세비만 타 먹는 국회의원들이 즐비한 곳이다.

회의를 하라고 했더니 삿대질하며 고성을 지르거나 멱살을 움켜쥐고 주먹다짐까지 한다. 나랏일을 논의하라고 뽑아 놓았는데 나라를 해치는 일만 하고 있다.

국해의원(國害議員)이라는 비아냥거림을 들어도 싸다.

"그분을 데려다 어찌 쓰시려는 겁니까?"

"한국에서 모셔올 분과 힘을 합쳐 자치령 개발 책임을 맡겨볼까 합니다."

"아, 그렇습니까?"

남바린 엥흐바야르 전 대통령이 홀로 자치령 개발의 총책임자가 된다면 자칫 문제가 될 수 있다.

그를 지지하는 사람들이 몰려가게 될 경우 정부군과 반군 같은 모양새가 될 수도 있기 때문이다.

그러나 현수의 말처럼 한국의 누군가와 협력하는 관계가 된다면 이런 걱정은 하지 않아도 된다.

한국인인 현수가 남바린 엥흐바야르보다는 한국에서 올

사람에게 더 힘을 실어줄 것이기 때문이다.

현수가 바라는 건 전임 대통령의 행정 능력과 추진력, 그리고 폭넓은 시야와 국제적 인맥일 것이다.

"저는 김 회장님의 뜻을 존중합니다."

"감사하군요."

2009년 대선 때 서로 상대 당 후보를 헐뜯었다. 그러지 않고는 표를 얻기 힘들었기 때문이다. 하여 상당히 어려운 상황이 될 줄 알았는데 너무도 쉽게 허락받았다.

한편, 남바린 엥흐바야르 전임 대통령과는 아직 일면식도 없다. 그럼에도 거절치 않을 것이라 믿는다.

몽골에 남아 있으면 정적들에 의한 집요한 딴죽 걸기가 계속될 것이기 때문이다.

권력을 잃었으니 그들에 대항할 수단은 많지 않다.

국민에게 호소하는 것도 한 방법이겠지만 이미 선거를 통해 심판을 받았으니 가능성이 높지 않다.

재임 기간 동안 가장 사이가 좋던 한국으로의 망명이 성공하면 여생을 편안히 살기는 하겠지만 몽골로 되돌아가는 것은 난망한 일이 될 것이다.

남의 나라에서 모국 상황이나 살피며 사는 것은 꽤 피곤한 삶이니 마뜩치 않을 것이다.

반면, 이실리프 자치령을 성공적으로 키워낼 경우 추진력과 기획력, 그리고 업무 능력을 인정받을 수 있다.

물론 10년쯤 지나야 얻을 수 있는 평가이다. 이럴 경우엔 다시 집권하는 결과를 도출시킬 수도 있다.

남바린 엥흐바야르를 견제하는 한편 힘을 합쳐 자치령 건설에 나설 인물로 낙점된 인사는 오정섭 전임 국방장관이다.

현수는 인터넷이 연결되자마자 4월 10일에 있었던 여성가족부 해체를 묻는 국민투표 결과부터 확인했다.

전체 유권자의 76.1%가 투표소를 찾았고, 71.8% 찬성표를 얻어 여성가족부 해체 안은 가결되었다.

이 투표율은 18대 대선의 투표율보다도 높은 수치이고, 찬성표는 현임 대통령의 득표율보다도 20.2%나 높다.

거의 모든 남성과 제대로 된 인식을 가진 여성들이 가결에 찬성한 결과이다.

선관위 발표 직후 대통령은 행정부 수반으로서 여성가족부의 모든 업무를 정지시켰다.

그 결과 소속 공무원의 급여 지급을 제외한 예산은 단 한 푼도 집행되지 못하게 되었다.

감사원은 여성가족부가 그간 벌여온 일에 대한 정밀 감사를 시작하였고, 예산 낭비 사례가 발견되면 책임자를 반드시 처벌하기로 했다.

소속 공무원들은 일정 기간 대기 발령 후 정부 각 부서로 전보될 예정이다.

국방부처럼 여성가족부에 대해 별로 좋지 않은 인식을 가진 부서로 전보되는 자들은 불행할 것이다.

정년퇴임할 때까지 한직 중의 한직을 전전하거나 정말 빡세서 때려치우고 싶은 마음이 하루에 열두 번도 더 드는 그런 업무를 맡게 될 것이기 때문이다.

일부는 등대지기로 보내질 것이다.

이는 보복차원이 아니다. 기존 행정부의 각 부서는 이미 충원되어 있다. 다시 말해 빈자리가 없다.

그러니 남들이 꺼리는 곳으로 보낼 수밖에 없다.

등대지기는 부엌과 화장실이 딸린 방 한 개가 있는 곳에서 근무하게 된다. 식료품은 한 달에 한 번 배로 들어오는데 한 번 출근하면 3일간 근무하도록 되어 있다.

전에는 인터넷 사용이 가능했는데 근무 수칙을 바꿔 인터넷 사용을 금하기로 했다. 할 일이 없으면 온 동네 게시판을 더럽게 할 것이라 생각되어 내린 조치이다. 긴급 상황 발생 시 문자 메시지로 업무보고를 하도록 하면 된다.

어쨌거나 여성가족부 해체 결정이 난 후 이 일을 제기한 국방장관 오정섭은 사표를 제출했다. 해임되는 불명예보다는 명예로운 퇴진을 선택한 것이다.

따라서 오정섭 전 국방장관은 현재 백수이다.

현수는 남바린 엥흐바야르와 보조를 맞춰가며 자치령 개발에 힘써줄 사람으로 이 사람을 낙점했다.

제안하면 흔쾌히 받아줄 것이라 예상한다. 그때 현수는 그에 대한 반대급부를 제시할 생각이다.

불의에 물들지 않고 권력과 타협하지 않던 참 군인이기에 대한민국 육·해·공군의 무기를 업그레이드해 주는 정도면 만족할 것이다.

오 장관이 자치령 개발의 수장을 맡게 되면 그를 흠모하는 군 출신 인사가 많이 올 것이다. 그러면 지나로부터 영토를 지키는 문제는 거뜬히 해결될 것이다.


"참, 김 회장님께선 자치령 방어를 위해 무기를 도입하겠다고 했는데 그건 어떻게 되어갑니까?"

"무기 판매는 원칙적으로 방위사업청과 협의되어야 하는 일입니다. K—2 전차 흑표, 다연장로켓포 K—136 구룡, K—9 자주포 썬더, K—21 보병전투장갑차 등은 허가가 떨어질 것으로 예상됩니다."

현수의 말은 반은 사실이고 반은 아니다.

몽골은 내륙 국가이다. 이 나라에 무기를 수출하려면 지나, 또는 러시아의 영토를 통과해야 한다.

그런데 이를 순순히 허락할 리가 없다. 특히 몽골을 병탄하려 하던 지나는 극렬한 반대 내지는 방해를 할 것이다.

도입되는 무기가 누구를 겨냥할지 뻔하기 때문이다.

그럼에도 강행하면 한국과 지나의 관계는 싸늘하게 식을 것이다. 따라서 한국의 정치인들은 대몽골 무기 수출을 허락하지 않을 것이다.

따라서 몽골에 무기를 도입시키려면 꼼수를 써야 한다.

예를 들어 콩고민주공화국이나 에티오피아, 케냐, 우간다의 이실리프 자치령 방어를 위한 것으로 도입한다.

이럴 경우 지나나 일본, 러시아 등에서 반대할 이유가 없으니 비교적 쉽게 수출이 허락될 것이다.

한국으로부터 무기가 도입되면 적당한 장소에서 개조한다. 그리곤 아공간에 담아 가져오면 가능한 일이다.

"FA―50은 어떻습니까?"

러시아의 수호이 시리즈는 너무 비싸기에 한 말이다.

"그건 미국의 허락을 얻어야 수출하는 겁니다. 이곳으로 보내겠다고 하면 마지못해 허락은 하겠지만 시간이 많이 걸릴 겁니다. 그래서 한국산 신형 전투기를 도입할 겁니다."

사실 FA―50은 제약이 많다.

처음부터 그렇게 계약을 하고 만든 것이기 때문이다. 하여 더 좋은 레이더를 장착하고 싶어도 그럴 수 없다.

일일이 미국의 허락을 받기로 한 때문이다.

예를 들어, 미국의 허락 없이 유럽제 VIXEN 500E 레이더를 장착할 경우 T—50 자체의 생산이 불가능해질 수 있다.

대한민국 공군은 암람 공대공 미사일을 사용할 수 있기를 요구하지만 장착되어 있는 APG—67은 그것을 유도할 수 없는 소형 레이더일 뿐이다.

"신형이요? 그게 그렇게 쉽게 만들어지는 건가요?"

무기 전문가는 아니지만 엘벡도르지는 하버드 출신이다.

따라서 신형 전투기를 만들어내는 것이 얼마나 어려운지를 잘 알고 있다. 그렇기에 참말이냐는 표정이다.

"전에도 말씀드렸습니다. 저의 IQ는 세계 최고입니다."

이 대목에서 대통령은 고개를 끄덕였다. 누구도 부인할 수 없는 사실이기 때문이다.

현수는 계속해서 말을 이었다.

"얼마 전 저는 새로운 발상으로 신형 전투기에 관한 이론을 완성시켰습니다. 그것을 적용하기까지는 다소 시간이 걸리겠지만 몽골 하늘에도 날아다니는 날이 올 겁니다."

"아……!"

뭔지는 모르지만 대단할 것이란 예상에 터뜨린 탄성이다.

"참고로 제가 만들려는 신형 전투기는 스텔스 기능뿐만 아니라 가시광선 흡수 기능까지 있습니다."

"네? 그게 무슨……?"

스텔스는 알지만 가시광선 흡수라는 말은 처음이라 이해되지 않는 모양이다.

"눈에 보이지 않는 전투기입니다. 스텔스 기능까지 있으니 몇 대만 있어도 몽골의 하늘을 지킬 수 있을 겁니다."

"세상에!"

엘벡도르지 대통령은 눈에 보이지 않는 전투기가 날아가는 걸 상상하고는 나지막한 탄성을 낸다.

"근데 그게 가능한 겁니까?"

"영화 해리포터에 나온 투명 망토를 미국 뉴저지주 로체스터대학 연구진이 만들어냈다는 거 혹시 아십니까?"

"아, 그렇군요."

엘벡도르지는 크게 고개를 끄덕인다. 비슷한 내용의 기사를 본 적이 있는 것이다.

미국의 대학에서 만들 수 있는 것이라면 현수 또한 그럴 수 있을 것이다. 물론 그것에 대한 전문적인 지식이 필요하겠지만 현수는 천재 중의 천재이다.

익히기 어려운 몽골어를 불과 1주일 만에 모국어 수준으로 익혔다. 과학은 이보다 더 쉽게 익힐 것이다.

"대신 엄청나게 비쌀 수도 있습니다. 어쩌면 F—22 랩터보다도 훨씬 비쌀지도 모릅니다."

"그야 당연히 그렇겠지요."

스텔스는 기본이고 눈에 보이지도 않는다니 당연한 말이라 생각하곤 고개를 끄덕인다.

그러다 문득 생각났다는 듯 묻는다.

"그런데 랩터와 제원 차이는 어떻습니까?"

"그건 아직 미완인지라 정확히 대답해 드릴 수는 없지만 제가 생각하고 있는 건 다음과 같습니다. 랩터는……."

다음은 현수가 엘벡도르지에게 설명한 것을 요약한 것이다. 참고로 한국의 신형 전투기 명칭은 해동청이다.

랩터 : 마하 2.5, 항속 거리 3,219㎞, 전투 반경 2,177㎞
해동청 : 마차 3.0, 항속 거리 6,500㎞, 전투 반경 4,200㎞

현수의 설명을 모두 들은 엘벡도르지는 눈을 크게 뜬다.

"그게 정말입니까?"

미국이 자랑하는 F—22 랩터는 현존하는 최고의 전폭기이다. 그런 걸 월등히 능가한다는데 어찌 쉽게 믿어지겠는가!

지나와 몽골은 아주 긴 국경을 마주하고 있다.

그런데 어마어마하게 긴 전투 반경을 가졌다는 것이기에 특히 마음에 든다.

현수가 제시한 전투기는 사실 F—15K 다운그레이드 버전이다. 록히드 마틴으로부터 가져온 완벽한 설계도가 있으니 만드는 건 어렵지 않을 것이다.

현재 한국 공군이 사용하는 F—15K는 마하 3.0, 항속 거리 6만 8,400㎞, 전투 행동반경 44,400㎞이니 몽골에 줄 것보다는 훨씬 더 뛰어난 성능을 가졌다.

본체엔 공기 저항을 줄이기 위한 그리스와 헤이스트 마법, 연료 탱크엔 공간 확장과 경량화 마법을 건 결과이다.

이실리프 자치령에 들여올 것들은 미사일을 더 많이 적재할 수 있도록 할 계획이다.

이론적으론 20분의 1짜리 경량화 마법과 중첩 공간 확장 마법으로 현재의 20배까지 확장 가능하다.

참고로 F—15K는 11톤까지 장착 가능하다.

예를 들어, 적의 기갑부대를 궤멸시키기 위해 출격할 때는 MK—20 로크아이 클러스터탄 스물여섯 발을 장착한다.

이 밖에 목표물 탐색과 정확한 폭격을 가능케 하는 랜턴 포드 세트가 달리게 되고, 방어용 공대공 무장으로 AIM—9X 사이드와인더 네 발을 장착한다.

참고로 MK—20 로크아이는 라이터 크기의 대전차 자탄 247개가 담겨 넓은 지역을 초토화시키는 폭탄이다.

하나당 무게는 221㎏이다.

마법이 적용될 경우 로크아이는 520발, 사이드와인더는 80발까지 사용할 수 있도록 해준다.

이 정도면 폭격기라 할 수 있을 것이다.

어쨌거나 F—15K 다운그레이드라 하더라도 마법이 적용되어야 가능한 기체이다. 도입할 때에도 아공간을 써야 한다.

지구에 하나밖에 없는 아공간이다. 게다가 이 아공간엔 진짜 드래곤의 사체도 들어 있다.

어찌 이것의 사용료가 싸겠는가!

랩터의 가격은 대당 3,600억 원 정도로 책정되어 있다.

1년 국방비 예산이 천조 원에 달한다 하여 '천조국'이라 불리는 미국도 겨우 187대만 운용하고 있을 정도로 비싼 기체이다.

현수는 F—15K 다운그레이드형도 이 정도 가격을 받을 생각이다. 참고로 F—15K의 도입 가격은 약 1,000억 원이다.

새롭게 만들어질 신형 전투기를 한국 공군에게 공급하고, 사용 중인 기체를 인수받아 개조하는 것은 2,600억 원에 공급하면 적당할 것이다.

현수는 눈빛을 빛내고 있는 엘벡도르지에게 고개를 끄덕여 주었다.

"사실입니다. 그 정도 성능은 충분히 나올 겁니다."

"아! 정말 대단합니다."

2004년쯤 삼성이 돌풍을 일으키고 있을 때 이건희 회장은 다음과 같은 말을 했다.

"한 명의 천재가 만 명을 먹여 살린다."

이를 뒤집으면 이런 말이 된다.

"한 명의 멍청이가 만 명을 굶겨 죽인다."

실제로 대한민국의 전임 대통령 중 하나는 이 말에 100% 부합된다.

많은 전문가가 반대했음에도 살짝 명칭만 바꿔 무리하게 일을 추진해서 무려 30조 원을 날렸다. 더불어 환경까지 엄청나게 훼손시켰다.

자원외교를 하겠다며 뻔질나게 외국으로 돌아다니면서 날린 건 40조 원이다. 방위력 개선사업을 하겠다며 투입한 40조 원은 권력형 비리 사건이 될 확률이 매우 높다.

멍청한 놈을 대통령으로 뽑아놓으니 기다렸다는 듯 국민이 낸 혈세를 100조가 넘게 날린 것이다.

그러는 동안 이놈의 친인척을 비롯한 졸개들은 온갖 비리 사건에 연루되었다.

대통령 하나를 잘못 뽑은 결과치곤 뼈 아프다.

어찌 되었든 엘벡도르지에게 있어 현수는 수많은 사람에

게 혜택을 줄 수 있는 천재로 인식되고 있다.

절대적으로 친해둬야 할 사람으로 분류된 것이다.

"저에게 시간을 주시면 대통령님과 약속한 일들이 이루어
질 겁니다. 믿어주십시오."

"알겠습니다. 김 회장님에게 거는 기대가 크다는 것만 알
아주십시오."

"네, 그 믿음에 부응토록 노력하겠습니다."

현수가 대통령궁을 빠져나온 건 늦은 밤이다. 급히 준비된
만찬 석상에서 술잔을 주고받다 보니 길어진 것이다.


"괜찮으세요?"

테리나가 걱정스런 눈빛으로 바라본다.

현수는 엘벡도르지 대통령과 폰착 차강 비서실장, 그리고
몽골의 거의 모든 각료로부터 술잔을 받았다.

모두가 꽉꽉 술을 채운 잔이고, 현수는 단 한 잔도 거절하
거나 빼지 않고 단숨에 비웠다.

향후 현수가 몽골에 끼칠 영향을 고려하여 각료 거의 전부
가 참석하였기에 상당히 많은 술을 마셨다.

하지만 현수는 멀쩡하다.

"그럼. 괜찮지. 그나저나 어디로 간다고?"

"칭기즈칸 호텔이래요. Presidential Suite라는 룸을 예약해

두었다고 그걸 쓰래요."

이곳에 도착하여 숙박 장소를 정해놓지 않았다고 하자 몽골 정부가 잡아준 호텔이다.

오늘을 비롯하여 언제든 그곳을 써도 좋고, 모든 비용은 몽골 정부가 지불하겠다고 했다.

지금은 대통령궁에서 내준 차를 타고 이동하는 중이다.

"그래? 고마운 일이군."

"자기야는 몽골의 귀빈이래잖아요. 정말 대단해요."

테리아의 이 말은 진심이다. 현수는 러시아에서도 언제든 푸틴과 독대할 수 있다. 콩고민주공화국에서는 내무장관이 알아서 챙겨주는 사람이고 북한에서도 같은 위상이다.

아제르바이잔이나 에티오피아에서도 그러할 것이다.

현수를 무시하거나 고깝게 생각하는 사람들은 한국 사람들밖에 없을 것이다.


한편, 테리나는 이르쿠츠크에서 있었던 불쾌한 기억이 떠올라 아미(蛾眉)를 찌푸렸다.

알혼섬에서 돌아온 날 밤, 메리어트 호텔 총지배인이 가져온 축구공에 사인해 주고 객실로 올라가기 직전 불청객의 방문이 있었다.

그는 현수를 보자마자 이렇게 이야기했다.

"어! 자네가 그 김현수야? 대체 얼마나 잘났기에 오라는 데도 안 온 거야? 엉?"

시비 걸 듯 지껄인 자는 술에 취한 듯 보였다. 막 객실로 올라가려던 현수는 상대의 예의 없음에 짜증이 났다.

"그런데 누구십니까?"

"나? 나로 말할 것 같으면 말이지, 아, 그건 알 거 없고, 왜 오라는데 안 왔어? 엉? 외국에 나오면 외교관 말을 따라야 하는 거 아냐?"

보아하니 현수를 불렀다는 그 영사인 듯싶다.

"제가 그 말을 따라야 할 이유가 있는 겁니까?"

"당연하지! 당신, 대한민국 국민 아니야? 나는 이곳을 책임지고 있는 외교관이야. 그러니까 오라고 했으면 와야지 뭐가 잘났다고 안 온 거야?"

매일 자기 앞에서 설설 기는 사람들만 상대했는지 상당히 고압적인 느낌이 들어 매우 불쾌했다. 하지만 참았다.

"…영사님이신가 보네요. 보아하니 약주가 과한 듯합니다. 술이 깨면 그때 다시 보죠."

말을 마친 현수는 더 이상 상대할 가치가 없기에 테리나에게 객실로 가자는 듯 눈짓을 보냈다.

"어허! 외국에 나와 금발미녀와 즐기시겠다? 좋겠네, 돈이 많아서. 천지건설에서 월급 많이 받는다며?"

"말이 짧습니다. 저 결혼도 했고 나이도 어리지 않습니다. 예의를 갖춰 대해주십시오."

"뭐야? 예의? 예의는 개뿔! 그리고 안 어리긴! 이제 겨우 서른이잖아, 얌마! 나는 말이지, 사십이 넘었어, 사십이! 너보다 열두 살이나 더 많다고! 알았어?"

"진짜 대한민국 외교부에서 파견한 영사님 맞습니까?"

"뭐야? 지금 날 의심하는 거야? 신분증 보여줘? 가만있어 봐! 딸꾹! 아이 씨, 왜 이렇게 안 꺼내지는 거야!"

자칭 영사라는 사내는 지갑을 찾는다고 양복 안주머니에 손을 넣었는데 잘 빠지지 않는 모양이다.

"자, 여기 이거 보이지?"

사내가 꺼내서 보여준 것은 갈색 여권이다. 아래엔 관용 여권이라 쓰여 있다.

"봤어? 나 이런 사람이야!"

술에 취해 비틀거리면서도 용케 쓰러지지 않는다.

"흐음! 여권의 표지 색깔을 보아하니 파견 공무원이시군요. 일반 영사직이면 3급 서기관이니 6급 공무원쯤 되지요?"

"…뭐야?"

"그리고 엄밀히 따지고 보면 영사는 외교관이 아니라 영사 교민 업무를 담당하는 외교 공무원이지요. 말 그대로 재외 국민을 위한 민원기관 아닌가요?"

"……!"

"그쪽에서 신분증을 보여주셨으니 저도 제 신분증을 보여드리죠."

말을 마친 현수는 러시아 정부가 발급한 외교관 여권을 보여주었다. 표지 하단엔 외교관 여권이라 인쇄되어 있다.

북한을 방문했을 때 러시아 정부의 국제협력담당 특임대사로 임명되었다면서 로그비노프가 건네준 것이다.

현수가 건넨 외교관 여권을 얼떨결에 받아 든 사내는 정신이 번쩍 드는 듯 눈을 크게 뜬다.

이르쿠츠크는 시베리아 연방지구 이르쿠츠크주의 주도이다. 다시 말해 러시아의 영토이다.

이곳에 파견된 면책특권도 없는 일개 영사직 파견 공무원이 러시아 국제협력담당 특임대사에게 난동을 부린 것이다.

당연히 술이 확 깬다.

"이, 이게 어떻게……? 한국은 이중 국적을 허용하지 않는데… 어떻게 이런……."

사내가 더듬거리며 당황해할 때 테리나가 나섰다.

"김 회장님은 블라디미르 푸틴 대통령께서 정식으로 임명한 러시아 국제협력담당 특임대사입니다. 미국, 영국, 프랑스, 지나를 포함한 외교수립국 전체에 해당됩니다."

"네에?"

사내는 방금 한 말이 사실이냐는 표정을 짓는다. 그러거나 말거나 테리나의 말은 이어진다.

"한국이 이중 국적을 허용치 않는 것은 잘 알고 있습니다. 하지만 푸틴 대통령께서 한국 정부의 특별한 양해를 얻어 이루어진 일이니 그 여권은 유효한 겁니다."

"그, 그렇습니까?"

사내는 말을 더듬는다.

이 사내는 이르쿠츠크 영사가 맞다. 외무고시를 패스해서 영사가 된 자가 아니라 특채되어 이곳에 부임했다.

영사 교민 업무란 호적, 출생신고, 결혼, 병역, 이혼 등 구청이나 동사무소에서의 민원 업무를 해외에서 볼 수 있도록 한 곳이다.

그런데 법률 지원 등 전문적인 법 지식이 필요한 상황이 많아 변호사들에게 문호를 개방하였다.

사법고시에 합격하여 변호사가 되었지만 사건 수임이 여의치 않아 빌빌대다 낙하산을 타고 특채된 자다.

이곳에 온 지 두 달쯤 되었는데 현수가 당도했다는 말을 듣고 사진이나 찍으려 불렀다. 직장인의 신화로 추앙받는 유명인이기에 나중에 자랑하려는 의도였다.

그런데 불러도 오지 않아 확인해 보니 바이칼호로 관광을 떠났다고 한다. 당연히 화가 났다. 일개 회사원으로부터 무시당했다 생각한 것이다.

영사는 현수가 이실리프 그룹의 총수라는 걸 몰랐다. 아울러 축구의 신으로 불린다는 것도 몰랐다. 이렇듯 세상 돌아가는 걸 모르는 자가 영사관 책임자가 된 것이다.

이자는 언론에 보도되는 가십(Gossip)에 신경 쓸 시간이 있으면 높은 사람들에게 아부하는 방법을 연구하는 것이 낫다는 신념의 소유자이다.

그럼에도 현수를 아는 것은 우연히 드라마 신화창조의 티저 영상을 본 때문이다.

그 영상 아래에 '직장인의 신화' 와 관련된 댓글이 있어 천지건설에서 출세 가도를 달리는 인물이라는 걸 안 것이다.

그런데 평범한 직장인이 아니라 러시아 특임대사라 한다.

면책특권이 있는 대사는 부임한 나라의 중요도에 따라 위상이 다르다. 미국, 지나, 러시아, UN 등에 있으면 특 1급 외교직 공무원으로 차관급이다.

경찰청장, 고등검사장, 중장(3성 장군), 철도청장, 소방방재청장 등과 동급이다.

현수의 경우는 푸틴에 의해 임명된 특임대사이며, 특별한 보호를 받는 장관급에 속한다. 러시아와 외교 관계를 수립한 모든 국가를 상대할 수 있는 신분이기 때문이다.

각 부 장관, 서울시장, 국정원장, 대법관, 고등법원장, 검찰총장, 대장(4성 장군)과 동급이거나 높을 수 있다.

　실제로는 이들보다 높이 여긴다. 물론 푸틴의 생각이다.

　아무튼 각 부 장관엔 당연히 외교부도 포함되어 있다.

　이르쿠츠크 영사는 그런 외교부 장관의 명에 의해 이곳에 배치된 자이다. 감히 하늘을 건드린 것이다.

　"내일 술 깨면 봅시다."

　말을 마친 현수는 멍한 표정을 짓고 있는 사내의 손으로부터 자신의 여권을 잡아챘다.

　그리곤 테리나와 더불어 객실로 올라갔다.

CHAPTER 08
무서워서 못 자겠어요

다음 날, 현수는 아침 일찍 출발했기에 영사와 대면하지 못했다. 하여 출발하면서 메리어트 호텔 총지배인에게 이렇게 말해두었다.

"총지배인님, 제가 급한 일이 있어 잠시 외출했다 온다고 기다려 달라고 전해주세요."

아마도 지금쯤 마음고생이 엄청 심할 것이다. 현수가 언제 올지 모르기 때문이다.

어쨌거나 스케줄 때문에 내일 보자는 말은 현실로 이루어지지 않았지만 그냥 넘어갈 생각은 없다.

이는 그가 2013년에 읽은 신문 기사 때문이다.

해외 주재 한국대사관저에서 일하는 요리사들이 폭로한 일부 대사들의 일탈 행위에 관한 충격적 내용이다.

대사들이 요리사에게 가혹 행위를 하고, 관저 만찬을 핑계 삼아 공금을 낭비했다.

아시아태평양 지역 대사관저에 속해 있던 요리사는 '관노비(官奴婢)'나 다름없는 대우를 받았다고 밝혔다.

그는 대사 부인으로부터 상습적인 폭행과 욕설, 심지어 감금까지 당하다가 부당하게 해고되었다고 주장했다.

아프리카의 어느 대사관저에서 일하던 요리사는 대사가 관저 만찬을 필요 이상으로 자주 하고 식자재를 과도하게 구입한 뒤 남는 재료를 개인 식사용으로 썼다고 폭로했다.

유럽의 어떤 대사관저에선 20개월 동안 여섯 명의 요리사를 해고하여 문제가 되었다.

관저에 속한 요리사조차 제대로 대우하고 관리하지 못하는 대사가 어찌 국가를 대표하며 교민들의 어려움을 헤아려 줄 수 있겠는가!

국민이 낸 세금인 공관 운영비를 사사로운 이익을 위해 쓰는 대사가 어찌 국익을 위한 외교 업무를 잘하겠는가!

외국에서 한국 공관을 이용한 사람들의 외교관들에 대한 대체적인 인상은 고압적이고 불성실하다는 것이다.

그래서 어떤 교민은 '한국대사관은 근처에도 가기 싫고 아쉬운 소리도 하기 싫은 곳' 이라는 글을 외교부 사이트에 올렸다.

외교부에 속한 자는 모두 공무원이다.

공무원은 국민을 위해 존재하고, 그러라고 국민들이 낸 세금으로 월급을 준다.

그런데 공무원이 무슨 대단한 벼슬이라도 되는 양 국민을 함부로 대한다면 당연히 징치(懲治)를 가해야 한다.

경중에 따라 경고, 감봉, 좌천, 해임, 파면, 연금 박탈, 재임용 금지 같은 처벌이 있어야 할 것이다.

하여 몽골로 오는 동안 테리나로 하여금 메모하도록 했다.

외교부 공무원들의 자질과 친절도 조사를 하라는 것이다. 이는 이실리프 정보에 지시될 내용이다.

조사 결과는 외교부와 언론에 공개할 것이다.

외교부에만 알리면 제 식구 감싸기를 하여 솜방망이 처벌로 끝날 확률이 매우 높기 때문이다.

아무튼 국민에게 고압적이고 불친절하며 무능하고 탐욕스러운 자들은 공직에서 물러나는 것이 순리이다.


칭기즈칸 호텔 앞에 당도하자 연락을 받았는지 지배인이 나와 현수를 영접하려 대기하고 있다.

"정말 괜찮으세요?"

차에서 내리기 직전 테리나가 한 말이다. 현수가 내쉬는 숨에 술 냄새가 진동하는 때문이다.

"음! 난 괜찮아."

짧은 시간이지만 마나심법으로 취기와 주기를 날려 보내니 한결 거뜬해진다.

주는 대로 받은 술이 39°짜리 보드카였는데 너무 많이 마신 때문이다. 웬만한 사람 같으면 정신을 잃었을 것이다.

"어서 오십시오! 칭기즈칸 호텔에 오신 걸 환영합니다!"

"네에, 환대해 주셔서 고맙습니다."

현수가 고개를 숙여 예를 갖추자 얼른 허리를 숙이며 안으로 들어가라는 손짓을 한다.

현수는 대통령궁에서 파견한 경호원들이 지켜보는 가운데 예약된 룸으로 들어갔다.

"뭐야? 방이 하나짜리야?"

98.4㎡이니 약 30평짜리 스위트룸이다. 그런데 방이 하나이고 침대도 하나이다. 테리나가 변호사라는 건 알았지만 현수와 연인 관계라고 착각한 결과이다.

사실 착각할 만도 하다.

만찬장에서의 테리나는 시종일관 현수의 곁에 붙어 아주 다정한 미소를 보여주었고 현수 역시 내외하지 않고 대했다.

몽골의 각료들은 퀸카 중의 퀸카인 테리나를 데리고 있는 현수를 몹시 부러워했다.

물론 술이 많이 오른 뒤에 보여준 태도이다.

테리나는 그걸 즐겼다. 일부러 현수에게 더 다정히 굴었던 것이다. 누가 봐도 연인 사이로 오해할 만했다.

"일단 쉬세요. 방은 제가 더 알아볼게요."

"그럴까?"

현수는 양복을 벗고 욕실로 들어갔다. 테리나는 프런트에 연결하여 다른 방이 있는지를 물었다.

현재 머무는 방은 1박에 160만 투그릭(MNT)이다. 한화로 환산하면 94만 4,000원이다.

방 두 개짜리를 문의했더니 Executive Suite가 있다고 한다. 1박에 64만 투그릭짜리 룸이다. 37만 7,600원이니 훨씬 싼 방이다.

다만 면적 차이는 크지 않아 84.3㎡(25.5평)이나 된다.

테리나는 현수가 불편해하니 방을 바꿔달라고 했다. 그랬더니 조금만 기다려달라고 한다.

전화를 내려놓은 뒤 테리나는 만찬 석상에서 오간 대화를 메모했다. 몽골의 각 부 장관들과 나눈 이야기는 현수의 사업에 큰 도움이 될 것이기 때문이다.

지하자원에 관한 이야기도 상당했다.

러시아가 지나의 침공을 막아주고 차지한 광산은 전보다 나아지기는 했지만 속된 말로 그놈이 그놈이라 한다.

능력이 되면 조금 더 좋은 조건으로 몽골의 지하자원을 나누자는 이야기가 있었다. 이실리프 그룹이 나서서 몽골의 지하자원을 캐고 적당한 수준의 이익배분을 하자는 뜻이다.

미네랄 러시아 할 정도로 지하자원이 풍부한 국가이니 충분히 생각해 볼 가치가 있는 제안이었다.

국방장관의 경우는 아주 적극적으로 한국산 무기 도입을 원했다. 지나에게 당한 후 절치부심하는 모양이다.

그간 경제적인 이유도 있지만 지나와의 관계 때문에 러시아에서 수출한 것은 전부 다운그레이드형이었다.

앞으로도 그럴 것이라 생각하는데 한국산 첨단 무기들이 마음에 든다고 했다.

수량도 상당히 많고 거절할 명분도, 이유도 없다.

대금은 현수가 지불하기로 한 금괴가 어떻겠느냐고 한다.

그걸 받는 과정에서 일부가 러시아로 흘러들 것이 우려되어 선수를 치는 것이다.

향후 이실리프 무역상사의 일이 조금 더 바빠질 모양이다.

문화부장관의 경우는 두 나라 사이의 관계를 더욱 돈독히 하기 위해 다이안의 공연을 요청했다.

몽골에서도 선풍적인 인기를 끌고 있는데 영상으로만 보니 감질맛 난다면서 한 번만이라도 공연해 주길 원한다고 했다.

모르긴 해도 다이안의 공연이 성사되면 문화부장관의 위상은 상당히 올라갈 것이다. 몽골의 거의 모든 젊은이가 다이안을 보고 싶어 몸살 나는 지경이기 때문이다.

이 밖에도 많은 장관과 대화를 나눴고, 머리 좋은 테리나는 그걸 모두 기억하여 메모해 두었다.


"어우! 시원하다!"

샤워를 마친 현수가 수건으로 머리를 말리며 나오는데 전화벨이 울린다.

따리링, 따리리링—!

"네에. 아, 그래요? 네, 네, 알았습니다. 네에!"

통화를 마친 테리나는 여전히 머리를 말리는 현수와 거울을 통해 시선을 맞췄다.

"바로 옆에 방 두 개짜리 스위트룸을 비웠대요. 옮기실 거죠? 근데 여기보다 조금 좁아요."

"그래? 알았어. 금방 끝낼게."

옆방에서 머물던 관광객은 현수 덕에 룸을 업그레이드 받았다. 서로 방을 바꾼 것이다. 게다가 룸서비스까지 무료이다. 현수 덕이라 할 수 있겠다.

현수는 얼른 옷을 입었다. 바로 옆방이긴 하지만 가운만 입고 나갈 수는 없기 때문이다. 그렇다 하여 제대로 갖춰 입은 것은 아니다. 양말도 신지 않았고 상의는 와이셔츠 차림이다. 누가 보면 급해서 도망친 것으로 보일 수도 있겠다.

호텔 직원의 안내를 받아 방을 옮기는데 엘리베이터가 열리고 남녀 한 쌍이 나온다.

그중 사내가 현수를 유심히 바라본다.

"어! 혹시……."

현수는 대꾸하지 않고 얼른 배정된 방으로 옮겨갔다. 호텔 메이드가 침구 일체를 새로 바꾼 듯하다.

"흐음! 괜찮군. 테리나는 어떤 방을 쓸 거야?"

"저는 이쪽 쓸게요."

"그래? 그럼 난 저쪽을 쓰지."

현수는 냉장고에서 캔맥주 하나를 꺼내서 땄다.

술을 마실 때 어느 정도 이상을 마시면 계속해서 술이 당긴다고 하는데 그래서 그런 건 아니다.

샤워를 하면서 취기를 완전히 날렸더니 안 마신 것처럼 정신이 맨송맨송해서 꺼낸 것이다.

딱―! 치익―!

꿀꺽꿀꺽―!

"카아! 시원하네."

창밖으로 시선을 주니 번쩍이는 네온사인이 보인다. 후진국 대열에서 벗어나 개발도상국이 되려는 느낌이 확 든다.

하늘엔 구름이 많아 달빛을 감상할 수 없는 것이 흠이다.

"뭘 그렇게 보세요?"

"으응! 그냥 울란바토르의 밤은 어떤가 싶어서."

"어머! 술을 또 드시는 거예요?"

"다 깼어. 테리나는 괜찮아? 제법 많이 마셨잖아."

"적당히 요령껏 마셔서 괜찮아요. 근데 정말 괜찮겠어요?
오늘 엄청 과음하신 것 같은데."

테리나는 정말 걱정하는 표정이다.

"나는 괜찮으니까 가서 쉬어. 내일 또 움직여야 하잖아."

내일은 피혁 · 제화(製靴) · 모직물 · 식육 · 유제품 · 제분
공장들을 둘러보기로 했다. 몽골의 외교통상부 장관과 시찰
하기로 한 때문이다. 몽골에서 생산하는 제품을 한국으로 수
출하는 길을 열어주기 위함이다.

"네에, 쉬세요."

테리나는 오랜 비행과 장시간에 걸친 회의, 그리고 많은 술
잔이 오간 만찬으로 인해 몹시 피곤함을 느꼈다.

그렇기에 두말 않고 물러간 것이다.

현수는 들고 있던 캔을 비우곤 잠자리에 들었다. 그냥 몸을
쉬게 하려는 의도이다.

같은 시각, 현수가 사용하려던 방을 쓰게 된 사내는 인터넷

에 접속하여 다음과 같은 글을 쓰고 있다.


**경악!!**

**이실리프 그룹 김현수 회장의 불륜!**

지난해 연말, 검소한 결혼식을 올려 화제가 되었던 이실리프 그룹 김현수 회장이 몽골의 수도 울란바토르의 칭기즈칸 호텔 최고급 프레지덴셜 스위트룸에서 미모의 금발녀와 밀회를 즐기는 현장을 들켰다.

호텔 관계자에게 확인한 바에 의하면 유부남인 김 회장은 수행원 없이 금발미녀와 한 방에 투숙하였다.

잠시 후, 무엇엔가 놀라 복도로 튀어나온 김 회장은 맨발에 와이셔츠 차림이었다.

룸에서 어떤 일이 있었는지 충분히 짐작된다.

결혼식을 올리고 이제 겨우 100일쯤 지난 김 회장의 이런 행동은 결코 모범이 될 수 없는 일이다. 국내외의 수많은 팬이 지켜보고 있음을 망각해선 안 될 것이다.

신갑제 동선일보 기자 dimwit@dongsun.com


현수와 방을 바꾸는 바람에 더 좋은 방을 쓰게 된 신갑제는 소위 말하는 기레기[6]이다.

---

6) 기레기 : '기자'와 '쓰레기'의 합성어로 대한민국에서 자극적이고 부정적인 제목과 내용으로 저널리즘의 수준을 현저하게 떨어뜨리고 기자로서의 전문성이 상당히 떨어지는 사람과 그 사회적 현상을 지칭한다.

이자가 쓴 기사의 제목은 대강 아래와 비슷하다.


A양과 B군, 충격적인 밀회! 경악!
C군과 D양의 야간 데이트 현장!
E사에서 F를 팔다니 절망!
G그룹 티저! H양, 벗나요, 안 벗나요?


동선일보에선 이런 자극적인 기사 제목으로 조회수를 올려 회사에 이익을 주었다며 몽골 여행권을 상품으로 주었다.

신갑제 기자는 평소 친하게 지내던 연예기획사 관계자로부터 기사를 써주는 대가로 데뷔는 했지만 뜨지 못한 걸그룹 멤버를 소개받아 데리고 왔다.

유부남이기에 정작 불륜은 본인이 저지르고 있는 것이다.

신갑제가 쓴 기사는 즉각 데스크로 올라갔고, 인터넷을 통해 번져 나갔다. 이에 대한 네티즌의 반응은 아래와 같다.


— 설마… 사실이 아닐 거야.
— 김현수 회장이? 권지현 여사가 얼마나 예쁜지 모르나?
— 이 기사 쓴 신갑제는 기레기야. 이걸 믿어?
— 맞아! 기레기 중에서도 기레기야. 인정! 인정!
— 이건 틀림없는 오보다.

— 신갑제, 명예 훼손으로 고소당해서 곧 옛 먹을 듯!

— 하여간 이런 기레기들은 다 분리 수거해야 해.

— 맞습니다. 정화조 처리할 때 같이하면 됩니다.

— 김 회장이 해외에 동반하는 금발미녀라면 예카테리나 일리치 브레즈네프 변호사일 겁니다.

— 이실리프 그룹 국제 담당 고문변호사입니다.

— 하버드 로스쿨 차석 졸업자를 불륜의 대상으로 지목하다니, 미친 신갑제!


한국의 네티즌들이 난리를 부릴 때 현수는 잠자리에 누워 눈을 감고 있었다. 부슬부슬 내리던 빗물이 점차 굵어지는가 싶더니 이내 천둥번개를 동반한 국지성 호우로 변한다.

번쩍—!

콰르르르릉—!

마음속으로 숫자를 헤아려 보니 번쩍인 뒤 여섯을 셀 때 소리가 들린다. 대강 500m쯤 떨어진 곳에 벼락이 떨어졌을 것이다.

번쩍—! 번쩍—!

콰르르르릉! 콰르르르릉!

이번엔 겨우 넷이다. 340m쯤 떨어진 곳에 벼락이 떨어짐을 의미한다. 곧이어 번쩍인 건 겨우 셋이다.

벼락이 점점 더 가까이 떨어지니 소리가 엄청나게 크다.

버언쩍―!

콰콰콰콰콰쾅―!

이번에 떨어진 벼락은 바로 앞 건물 피뢰침을 후려갈겼다. 잠시 앞이 안 보일 정도로 환한 빛이었다.

"자, 자기야!"

눈을 떠보니 베개를 든 테리나가 침대 옆에 서 있다.

"무서워?"

"네, 무서워 죽겠어요. 같이 있어요."

"…들어와."

현수가 이불을 들추자 기다렸다는 듯 들어와선 얼른 품을 파고든다. 이 순간 다시 한 번 뇌성벽력이 울려 퍼진다.

번쩍―!

콰콰콰콰콰쾅―!

"엄마야!"

테리나는 어린아이처럼 현수의 품을 파고들며 바르르 떤다. 하긴 소리가 엄청나게 크긴 했다.

현수는 피식 웃고는 포근히 감싸주었다.

"괜찮아, 괜찮아! 그냥 지나가는 거야. 괜찮아."

"…네에. 근데 정말요?"

"그럼. 여기 있으면 안전해. 그러니까 무서워하지 마."

"네에, 고마워요."

현수의 말처럼 뇌성벽력은 곧 그쳤다. 쏟아져 내리던 비도 언제 그랬느냐는 듯 멈춘 듯하다.

현수는 가만히 등을 다독여 주었다. 그러자 잠시 후 테리나의 몸에서 긴장이 풀리는 것이 느껴진다.

"딥 슬립!"

웅크리고 있던 테리나의 몸이 펴짐을 느낀 현수는 살그머니 일어났다.

동침할 수는 없지 않은가! 이런 현수를 불륜이나 저지르는 나쁜 놈으로 묘사한 신갑제는 정말 기레기이다.


쨱, 쨱, 째쨱!

"하으음!"

"깼어? 굿모닝이야. 커피 어때?"

"좋아요!"

테리나는 현수의 품에 안겨 잠들었음을 기억해 내곤 환한 미소를 짓는다. 문득 어젯밤 꾸었던 꿈이 생각난다.

다정스레 자신을 안아준 현수가 그동안 마음을 받아주지 않은 것이 미안하다면서 진한 키스를 해줬다. 달콤하면서도 황홀한 키스가 끝난 후엔 사랑한다고 말했다.

커피 한 모금을 들이켜는 동안 기분이 점점 좋아진다.

테리나는 정이 담뿍 담긴 시선으로 현수를 바라본다. 벌써 세안을 마친 듯 말쑥한 모습이다.

"테리나는 오늘 여기서 쉬어. 같이 다니면 피곤할 테니까. 백화점에 가면 발 코가 살짝 올라온 슬리퍼를 판대. 그거 신으면 발에 땀이 안 찰 거야."

"쇼핑이나 하고 있으라고요?"

"그래. 오늘 여러 군데 돌아다녀야 해서 같이 가면 피곤할 거야. 사고 싶은 거 있으면 사고 먹고 싶은 거 있으면 사 먹고 있어. 돈은 테이블 위에 놨어."

"자기야……!"

"경호원들이 따라다닐 테니까 걱정 안 할게."

자신을 배려해 주는 현수를 바라보는 테리나의 눈에서 하트가 뿅뿅 나오는 것 같다.

"고마워요!"

자리에서 발딱 일어난 테리나는 현수에게 다가가 두 팔로 목을 휘감는다. 그리곤 입맞춤을 했다. 설왕설래하는 프렌치 키스가 아니라 그냥 뽀뽀이기에 반응하지 않았다.

"자, 난 나갈 테니까 오늘 하루 알차게 보내. 이따 저녁쯤에 보게 될 거야. 알았지?"

"호호! 네에, 다녀오세요."

테리나가 환히 웃자 현수는 넥타이를 매고 상의를 입었다.

그리곤 서둘러 나갔다. 마침 문이 닫히려는 엘리베이터가 있어 후다닥 타고 내려갔다.

이걸 보는 시선이 있었다. 신갑제는 살그머니 테리나가 머물고 있는 방으로 다가가 귀를 기울였다.

이때 귀를 자극하는 감탄사가 들린다.

"어머! 이게 다 얼마야? 만 달러? 세상에!"

현수가 탁자 위에 놓고 나간 100달러짜리 뭉치를 본 테리나가 한 말이다. 외출하여 쇼핑하라고 준 돈치고는 너무나 많으니 저도 모르게 감탄사를 터뜨린 것이다.

잠시 더 귀를 기울이던 신갑제는 더 이상의 말이 없자 자신의 방으로 돌아갔다.


**경악!!!**

**하룻밤 화대가 무려 1,200만 원!**

이실리프 그룹 김현수 회장이 하룻밤 동침한 금발미녀에게 지불한 액수이다.

1,200만 원은 웬만한 대리급 회사원의 넉 달 치 봉급이다.

천지건설로부터 많은 월급을 받고 있다지만 서민들에겐 상대적 박탈감을 줄 수 있는 과도한 돈이다.

이런 큰돈을 펑펑 쓰고 있으니 이실리프 그룹에 대한 정밀 세무 조사가 필요하다 할 수 있겠다.

이곳은 몽골의 수도 울란바토르에 위치한 칭기즈칸 호텔이며, 김 회장이 머문 방은 이 호텔에서 숙박비가 가장 비싼 프레지던셜 스위트룸이다.

신갑제 동선일보 기자 dimwit@dongsun.com


신갑제는 아침 일찍 프런트로 내려가 숙박비를 치르곤 자신이 머문 방에 대한 영수증을 요구했다.

참고로 현수가 사용한 방의 숙박비는 64만 투그릭이고 자신이 쓴 방은 160만 투그릭이다.

160만 투그릭짜리 영수증을 회사에 제출하면 이 중 절반을 보조받는다.

하루 숙박비로 자신은 34만 투그릭을 내고 회사로부터 80만 투그릭을 보조 받으면 46만 투그릭이 이익이다.

한화로 27만 원 정도 되는데 그게 어디인가!

자신이 부담해야 할 34만 투그릭도 안 낸 셈이니 실제로는 47만 원 정도가 이익이다.

하여 잔머리를 굴린 것이다.

그런데 세상일이 어찌 뜻대로만 되겠는가!

확인해 보니 호텔에선 숙박계의 내용을 바꾸지 않았다.

신갑제에게선 64만 투그릭만 받기 때문이다. 160만 투그릭은 몽골 정부에 청구할 돈이기에 바꿀 수 없었던 것이다.

돈이 좀 생기나 싶었는데 아닌 게 되자 심사가 뒤틀렸다. 그렇기에 마지막 줄의 기사를 쓴 것이다.

이런 자를 기자라고 고용하고 있으니 대한민국 언론인들이 기레기라는 소리를 듣고 있는 것이다.

어쨌거나 이 기사는 동선일보 인터넷 판에 올려졌다. 곧이어 수많은 댓글이 달린다.

그런데 현수보다는 신갑제를 욕하는 내용이 훨씬 많다. 굳이 따지자면 《 김현수 : 중립 : 신갑제 = 2 : 1 : 7 》이다.

동선일보 게시판에는 신갑제 기자의 기사가 사실이 아닌 경우 어떤 처벌을 가할 것인지를 묻는 글이 올라와 있고, 그것에도 수많은 댓글이 달렸다.

신갑제가 그동안 썼던 자극적이고 확인할 수 없는 기사들이 퍼 날라졌다. '김현수 불륜'은 검색어 2위이고, '기레기 신갑제'는 검색어 1위를 마크하고 있다.

즐거운 마음으로 회사에 출근한 민주영은 현수에 대한 기사를 보고 즉시 법무팀을 소환했다.

명예 훼손 및 손해배상 청구 소송을 준비시킨 것이다.

이런 줄도 모르고 신갑제는 테리나의 뒤를 따를 계획을 세웠다.

카메라도 챙겼다. 사람들의 관심은 현수가 아닌 금발미녀일 것이라 생각한 것이다.

지난밤 자신이 올린 기사의 댓글만 봤어도 신갑제는 패착을 두지 않았을 것이다. 금발에다 몸매 좋고 얼굴이 예쁘자 테리나를 머리가 텅 빈 여자로 오인한 것이다.

자신이 하룻밤 데리고 논 걸그룹 멤버는 영어 한마디 할 줄 모르기에 하루 종일 호텔에서 기다리라고 했다.

잠시 후, 신갑제의 예상대로 테리나는 객실을 떠났다.

경호원들이 따라붙었으나 사진만 찍을 것이므로 망원렌즈를 더 챙겼을 뿐이다.

테리나가 향한 곳은 울란바토르의 중심지에 위치한 수흐바타르(Sukbaatar) 광장이다.

이 광장엔 몽골 혁명의 아버지 담딘 수흐바타르( Дамдин Сухбаатар )의 동상이 있다. 전면엔 몽골 대통령의 근무지인 Parliament house가 있다.

테리나가 백화점이 아닌 이곳을 찾은 이유는 증조부인 레오니트 브레즈네프가 이곳을 방문한 적이 있기 때문이다.

당시의 브레즈네프는 소련 공산당 서기장의 자격으로 몽골 50주년 기념식에 참석하여 대중 연설을 한 바 있다.

테리나가 광장 곳곳을 돌아보는 동안 신갑제는 열심히 셔터를 눌렀다. 그러면서 정말 예쁘다는 걸 인정하지 않을 수 없었다.

돈만 있으면 자신도 현수처럼 거액을 주고 하룻밤을 사고 싶다는 생각을 했다. 고급 콜걸로 오인한 것이다.

테리나가 좀처럼 광장을 떠나지 않자 호텔로 되돌아온 신갑제는 가장 예쁘게 나온 사진을 골라 기사에 첨부했다.

그리곤 사진 아래에 다음과 같은 설명을 달았다.

김현수 회장과 하룻밤 밀회를 즐긴 금발미녀!
지난밤엔 만족했을까?

곧이어 수많은 댓글이 달린다.

— 야, 이 기레기야! 이런 걸 기사라고 쓴 거야? 제목이 왜 이렇게 자극적이야?

— 헐! 이분은 예카테리나 일리치 브레즈네프 변호사야. 이실리프 그룹 고문 변호사라고.

— 예쁘긴 진짜 예쁘다. 그런데 어디서 많이 봤다.

— 이실리프 어패럴의 항온의류 브로셔의 모델을 했네. 내수용엔 없고 외국판에만 있어.

— 쩐다! 절세미녀란 이런 여자구나! 근데 변호사라고?

— 무려 하버드 로스쿨 차석 졸업생이란다.

— 미국 최고의 로펌 '피어슨 & 하드먼'에서 스카우트했는데 거절한 재원 중의 재원이다. 그런데 겨우 불륜? 미친 기레기! 이

런 걸 기자라고 하니, 쯧쯧쯧!

자신의 기사에 이런 일방적인 댓글이 달리는 줄 모르는 신갑제는 어젯밤 품은 걸그룹 멤버를 또 괴롭히고 있었다.

같은 시각, 현수는 몽골의 공장을 두루 돌아보았다.

문제는 품질이다. 이미 눈이 높아질 대로 높아진 한국으로의 수출은 난망하다. 품질이 떨어지는 때문이다.

몽골 같은 나라는 경제 개방 이전에 제조업 육성과 산업화 초기의 강력한 보호정책, 그리고 적절한 시기의 자유무역이 시도되었어야 했다.

그런데 신자유주의를 신봉하는 세계은행에 의해 전격적인 개방이 선언되었다. 1991년의 일이다.

그 결과 모든 산업의 생산 물량이 90%나 감소할 정도로 초토화되었다. 세계은행이 저지른 만행 중 하나이다.

현수는 생산되는 것들을 살피며 나직한 한숨을 쉬었다. 2% 부족한 게 아니라 12%가 부족하다 여겨진 때문이다.

"북한과 아프리카에선 쓰겠네."

몽골 외교통상부장관의 안내를 받아 돌아본 공장 거의 다가 이러했다. 마치 한국의 60~70년대를 보는 듯했다.

시찰을 마치고 호텔로 돌아오니 테리나가 우편엽서를 쓰고 있다. 모스크바의 부모님에게 보내는 것이다.

슬쩍 어깨너머로 보니 증조부의 발자취를 돌아보았다는 구절이 눈에 뜨인다.

객실을 둘러보니 쇼핑백은 겨우 하나이다.

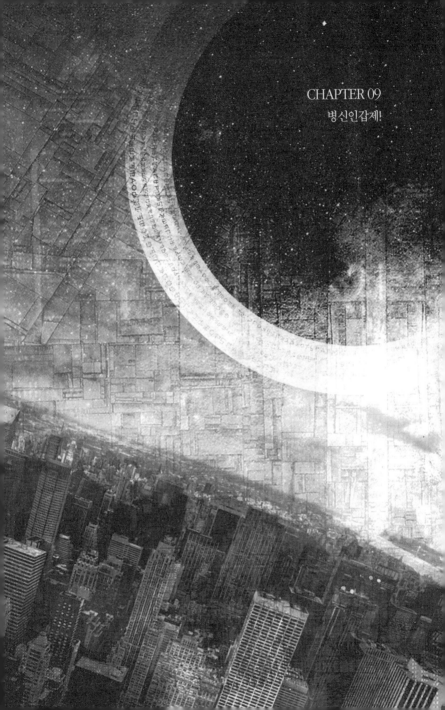

# CHAPTER 09
병신인갑제!

"테리나, 쇼핑한 게 별로 없나 보네?"

"없기는요. 자기야가 말한 그 샌들 사왔어요. 자기 발 크기 280㎜ 맞죠? 한번 신어보세요."

쇼핑백에서 샌들을 꺼낸 짙은 갈색 슬리퍼엔 운형자 같은 문양이 박음질되어 있다. 발을 넣어보니 편하다. 양쪽을 다 신고 이리저리 걸어보았다.

"어때요?"

"좋은데? 잘 샀어. 무겁지도 않고 발이 편해."

모양도 색깔도 디자인도 마음에 들었다.

"다행이에요. 혹시나 마음에 안 들어 하면 어쩌나 했어요. 제 것도 샀어요. 짜짠—! 어때요?"

테리나가 산 것은 똑같은 디자인인데 색깔만 연한 붉은색이다. 누가 봐도 커플이라 할 것이다.

"예쁘네. 테리나에게 잘 어울려."

"호호! 그래요? 그나저나 오늘 어디 다녀오셨어요?"

"으응. 오늘은 외교통상부 장관과……."

테리나의 좋은 점은 중간에 말을 끊지 않는다는 것이다. 말하는 동안 추임새도 넣지 않고 오로지 고갯짓과 끄덕임으로 의사를 표현한다. 덕분에 장황하지 않게 설명을 마쳤다.

"북한의 공산품도 거의 그럴 거예요. 둘의 공통점은 품질이 약간 떨어진다는 것과 싸다는 거예요. 아프리카에선 먹힐 거예요. 대신 그들이 필요로 하는 걸 만들어야죠. 예를 들어 우리가 신고 있는 이 샌들의 디자인을……."

테리나는 다이어리에 쓱쓱 그림을 그린다. 그런데 제법 잘 그린다. 금방 발뒤꿈치를 끼울 수 있는 디자인이 되고, 통풍을 고려하여 앞부분에 구멍을 뚫는다.

"이렇게 하면 낫지 않을까 생각해요."

"좋은 아이디어야. 테리나에게 과제를 하나 주지."

"설마 몽골과 북한의 공산품을 아프리카에 팔 수 있도록 기획안을 내라는 건 아니겠죠?"

"테리나는 머리가 좋아서 정말 좋아. 어쩜 이렇게 내 마음을 잘 알지? 정말 신기해."

"……!"

테리나는 잠시 아무런 말도 하지 않는다. 하지만 속으론 여러 가지 생각을 했다.

'그건 우리가 운명이라서 그래요. 저는 당신의 여인이 되고 싶어요. 날 밀어내지 말고 안아주면 안 돼요?'

테리나가 입을 다물자 현수는 금방 화제를 바꾼다.

"그나저나 샤워는 했어?"

"네? 그건 왜요?"

왜 씻었느냐고 묻는지 이유를 알 수 없는 테리나가 고개를 갸웃거린다. 자신을 안아주겠다는 소리는 아닐 것이기 때문에 의중 파악이 쉽지 않은 것이다.

"울란바토르의 밤은 어떤지 궁금하지 않아? 여기에도 나이트클럽이 있다고 들었는데."

가기만 하면 문제가 생기는 클럽에 가자는 의도는 아니었다. 그냥 기분 전환하자는 의도에서 한 말이다.

"어머, 정말요? 좋아요. 가요, 우리!"

테리나와 현수는 강남의 한 나이트클럽의 섹시댄스 경연대회에 참여한 적이 있다. 그때 처음 키스를 했고, 상금으로 100만 원을 받았다.

그날 현수는 변병도가 나대는 바람에 경찰서까지 갔다 와서 기분이 몹시 상했지만 테리나는 아니다. 좋아하는 사내와 키스를 해서 몹시 들떠 있었다.

그런데 오늘 멀고 먼 타향에서 또 나이트클럽엘 가게 생겼다. 하여 저도 모르게 환히 웃으며 일어섰다.

어서 빨리 가자는 뜻이다.

"정말 그러고 갈 거야?"

"제가 뭘요? 어머나! 잠깐만요!"

외출했다 돌아와서 샤워를 하고 가운만 걸친 채 우편엽서를 쓰고 있었다. 가운 안에는 속옷도 입지 않았다.

그러고 나갈 뻔했기에 화들짝 놀라며 뛰어 들어간다.

현수는 양복 대신 청바지와 티셔츠를 걸쳤다. 이제부터는 놀 시간이기 때문이다.

늘씬하고 보기 좋은 몸매이다.

어깨는 벌어졌고 허리는 잘록하다. 살짝 스키니한 느낌의 티셔츠라 가슴 근육이 도드라져 보인다.

"자기야, 나 어때요?"

이심전심이란 말이 이럴 때 통용되는 듯하다.

테리나 역시 청바지에 티셔츠 차림이다. 청바지는 스키니지만 티셔츠는 헐렁한 박스형이라는 것이 다를 뿐이다.

"휘이익—! 어이, 아가씨, 오늘 나하고 좀 놀아볼래?"

"쳇! 그러니까 깡패 같잖아요. 하지만 좋아요. 놀아드릴게요. 근데 어디서 놀아요?"

"이 호텔 지하에 나이트클럽이 있더군."

"호호! 좋아요. 가요."

테리나는 현수와 놀러 간다는 게 무척이나 즐거운지 얼른 팔짱을 낀다. 문 앞까지 갔는데 키를 놓고 왔다. 하여 키를 챙기는 사이 테리나는 객실 밖에 나가 있다.

현수가 나가자 테리나는 엘리베이터 버튼을 누르고 있다.

"힘드니까 너무 힘쓰지 말아요."

"뭐라고?"

"어제오늘 너무 많이 움직였잖아요. 안 피곤해요? 그니까 살살 해요. 알았죠?"

"아! 난 또 뭐라고. 알았어. 걱정 마. 살살 할게. 그리고 나 안 피곤해."

땡―!

종소리가 나고 엘리베이터 문이 열린다. 둘이 타자 곧장 지하로 내려간다. 이를 바라보는 시선 한 쌍이 있다.

기레기 신갑제이다.

"뭐야? 뭘 살살 해? 많이 움직여서 피곤하다고? 저놈 저거 짐승인 거야? 그런 거야?"

신갑제는 얼른 객실 문을 닫는다. 그리곤 곧장 노트북을 펼치곤 키보드 위에 손을 얹는다.

그런 그의 뒤쪽엔 피곤에 지친 걸그룹 멤버 하나가 널브러져 있다. 진짜 짐승은 신갑제 본인이었던 것이다.

**이실리프 그룹 김현수 사장은 짐승!**

이 말은 김 회장과 같은 객실에서 이틀째 밀회를 즐기고 있는 금발미녀의 입에서 나온 말이다.

피곤할 테니 살살 움직이라고 속삭이며 불륜을 저지르는 이 커플은 어떻게 끝장이 날까? 한국의 아내를 의식하기는 하기는 하는지 두고 볼 생각이다.

신갑제는 어떤 말로 이어 쓸까 고심했다. 그런데 마땅히 쓸 말이 없다.

"근데 연놈은 대체 어딜 간 거지, 이 밤중에?"

지금처럼 늦은 시각엔 될 수 있으면 안 돌아다니는 것이 신변 안전에 좋다. 소매치기도 많고 재수 없으면 강도를 만날 수도 있기 때문이다. 하여 지금처럼 밤이 되면 객실에 틀어박혀 데리고 온 걸그룹 멤버를 유린했다.

현수와 테리나가 외출함에도 뒤따라가지 않은 이유가 바로 이것이다.

어쨌거나 신갑제는 기사를 이어가려 애를 썼다.

같은 시각, 신갑제의 기사엔 계속해서 댓글이 늘고 있다. 그중 베스트 댓글은 다음과 같다.

**— 하여간 이 기레기는 병신인갑제!**

쿵쿵쾅쾅! 쿵쾅쿵쾅!

지하로 내려가니 발바닥에서 진동이 감지될 정도로 큰 음악이 울려 퍼진다. 한국에선 몇 년쯤 지난 댄스뮤직이다.

둘을 발견한 웨이터가 고개를 숙이며 환영한다.

"어서 옵셔!"

"안내 부탁합니다."

"네에, 저를 따라오십시오."

안내를 받아 간 곳은 스테이지가 한눈에 보이는 제법 괜찮은 좌석이다.

"무얼 주문하시겠습니까?"

"으음, 양주 적당한 거 한 병하고 안주는… 뭐 할래?"

"전 아무 거나. 아, 그냥 과일 주세요."

"네에, 알았습니다."

쿵쿵쾅쾅! 쿵쾅쿵쾅!

"와아! 이런 데 오랜만이에요."

테리나는 즐겁다는 걸 감추지 않고 드러낸다.

"나도 오랜만이야. 술 나오기 전에 한바탕할까?"

"호호! 좋아요!"

현수와 테리나는 스테이지에 올라 몸을 흔들었다.

둘 다 화류계 쪽과는 관련이 없는지라 그냥 음악에 맞춰 되는 대로 흔드는 것이다.

그럼에도 테리나는 몸매도 좋고 얼굴도 예뻐서 확연히 드러난다. 현수 역시 몽골 사람들보다는 큰 키이기에 돋보인다.

한참을 흔들고 자리로 가보니 테이블이 세팅이 되어 있다. 잔을 비우고 잠시 쉬었다가 다시 나가서 춤추기를 반복했다.

술이 들어가서 그러는지 테리나의 춤사위는 점점 더 강렬해진다. 그래서 그런지 한 시간 반쯤 지난 후엔 조금 지친 듯한 모습을 보인다.

바디 리프레쉬 마법으로 피곤을 덜어줄까 하다가 말았다. 기분 좋은 피곤함, 느긋한 나른함이란 말이 떠오른 때문이다.

그렇게 즐거운 시간이 흘렀다.

그런데 누군가의 시선이 느껴진다. 테리나 몰래 살펴보았는데 몽골 사람은 아닌 것 같다. 화장실을 가는 척하며 지나던 중 지나인이라는 것을 알 수 있었다.

손을 씻고 돌아오니 녀석 중 하나가 테리나에게 다가가 말을 걸고 있다. 테리나가 지나어를 못 알아듣자 영어로 수작을 걸고 있는 것이다.

"Hey! Miss. Let's play with us."

"No, I don't care."

"Come on, let's play with us."

"…Sorry! I don't like this. Please leave."

테리나가 계속해서 거절하자 사내는 기분 나쁘다는 듯 인상을 쓴다.

"뭐야? 왜 튕겨? 같이 좀 놀자는데. 간만에 깔쌈해서 한번 품어줄까 했는데 이거 뭐 이래?"

"그러게 말입니다, 형님. 색 좀 쓰게 생겼습니다, 형님."

"그치? 근데 이 계집애 데리고 온 녀석은 어디 갔냐?"

보아하니 동네 건달이나 양아치 같다.

"화장실에 갔습니다, 형님. 어떻게 할까요, 형님? 이 계집애, 확 조져서 끌고 나가까요?"

"그럴까? 말로 해선 순순히 들을 것 같지 않은데. 그래라. 그럼 너희 둘이 데리고 나와."

"알겠습니다, 형님. 마음 푹 놓으시고 차에서 기다리십시오, 형님. 아주 쌈빡하게 처리하겠습니다, 형님."

기둥 뒤에서 놈들이 하는 짓을 지켜보던 현수는 어이가 없었다.

남의 나라까지 와서 조폭 흉내를 내는 것은 그렇다고 치자. 그런데 감히 테리나를 끌고 가 못된 짓을 하려 한다.

당연히 가만 놔둬선 안 될 종자들이다. 하여 뭐라고 하려는데 한 녀석이 테리나의 뒤로 다가간다. 손에는 빈 맥주병이 거꾸로 들려 있다. 그걸로 후려갈기려는 모양이다.

현수가 튀어나가려는 바로 그 순간이다.

철컥철컥! 철컥철컥—!

"손들어!"

"꼼짝 마!"

"경찰이다! 움직이면 쏜다!"

웨이터인 줄 알고 있는 사내 넷이 권총으로 양아치들을 겨냥한다. 놀란 녀석들이 눈을 크게 뜬다.

이때 누군가 수갑을 꺼내더니 녀석들의 손목에 채운다.

줄줄이 사탕처럼 엮인 녀석들이 뭐라 떠들었지만 너무나 빠른 지나어인지라 현수도 알아듣기 힘들다.

"저희가 이자들을 연행해도 되겠습니까?"

"아! 대통령궁에서 파견하신 분들이시군요."

넷 중 하나의 얼굴이 눈에 익었다.

"네, 대통령님께서 두 분의 신변 안전에 대해 각별히 신경 쓰라고 말씀하셨습니다."

"고맙군요. 이자들은 아주 오랫동안 수형 생활을 해야 할 것 같습니다. 마약이 있을 수 있으니 검사해 보시지요."

"알겠습니다. 귀빈의 말씀대로 하겠습니다. 알탁후약, 이

놈들 혹시 마약을 소지했는지 검사해 봐."

"네, 팀장님!"

경호원 중 하나가 양아치들의 주머니를 뒤진다.

금방 뭔지 알 수 없는 흰 가루가 든 봉지가 발견되었다. 담긴 양을 보니 설탕이나 밀가루는 아니다.

"마약 밀매는 어떤 형을 받습니까?"

"10년 이상은 감옥에서 썩어야 할 겁니다."

"조금 적군요. 한 30년은 되어야 하지 않겠습니까?"

현수의 말에 경호원이 이빨을 드러내며 웃는다.

"귀빈의 뜻대로 될 확률이 매우 높을 겁니다."

현수의 뜻에 따라 형량을 결정하겠다는 뜻이 아니다.

엘벡도르지 대통령은 자국민이 지나에 갔다가 마약소지죄로 체포되어 사형을 언도받은 것에 대한 연설을 한 바 있다.

몽골 국민들로 하여금 경각심을 가지게 하려는 것이다.

그런데 자국민을 남의 나라에서 죽이겠다고 하면 마음이 편할 리 없다. 따라서 오늘 잡힌 네 녀석은 지나에게 보여줄 시범 케이스가 될 것이다.

실제로 현수가 떠난 후 이들은 재판을 받는다. 그리고 넷 모두 가석방과 감형이 없는 무기징역을 언도받는다.

죄목은 마약 소지 및 밀매, 인신매매, 강제 매춘 및 강간, 살인 미수 등이다.

이 중 살인 미수는 테리나로 인한 것이다.

현수와 테리나가 나이트클럽에 들어온 이후 경호팀은 만일을 위해 CCTV를 설치했다. 여기에 맥주병을 거꾸로 들고 테리나의 머리를 내려치려는 장면이 찍혔다.

이를 본 법무장관은 살인 미수를 적용했다. 그 결과가 노역이 동반된 무기징역이다.

몽골 정부는 이들을 아주 오랫동안 노역형에 처한다.

인간쓰레기가 사회에 나가 행패를 부리지 못하도록 잡아놓는 의미이다. 지나로선 몽골을 병탄하려던 과거가 있기에 자국민이 잡혀 있지만 나서지 못한다.

"대통령님께 감사하다는 말씀 전해주십시오."

"알겠습니다. 그런데 여기에 더 계실 겁니까?"

"아뇨. 이제 쉬겠습니다."

자신들이 놀고 있는 걸 지켜보는 눈이 있는 걸 알게 되니 재미가 반감된다.

놀 만큼 놀았다 싶은 둘은 객실로 올라갔다.

샤워를 마친 테리나는 여느 때와 같이 슬립 마법 한 방으로 꿈나라를 헤매게 된다.

\*         \*         \*

"어서 오시라요, 회장 동지!"

"네에, 반갑습니다. 그간 안녕하셨지요?"

"길티요. 자자, 안으로 드시디요."

"네!"

김정은의 뒤를 따라 들어간 현수는 딸기탄산단물이라는 음료수를 마셨다. 제법 달착지근하다.

"몹시 바쁜 거이야 자알 알디만 됴금 자주 오시라요."

"네에, 죄송합니다. 앞으론 자주 오겠습니다."

"기나저나 브레즈네프 동무는 날이 갈수록 예뻐디는군요. 좋은 사람 곁에 있어서 그런 거디요?"

"아! 네에, 감사합니다, 위원장님!"

테리나는 고개를 숙인다. 그런데 얼굴이 빨개진다. 왠지 어젯밤 꿈을 들킨 기분이다.

나이트클럽에서 신 나게 놀다 온 테리나는 샤워 후 곧장 꿈나라로 빠져들었다. 그리고 그 꿈속에서 드디어 넘지 못하던 선을 넘었다.

상대는 현수이다. 그런데 얼굴은 기억 안 난다.

아침에 눈을 떴을 때 꿈이라는 걸 알았다. 하지만 한참 동안 얼굴을 붉히고 있었다. 너무도 생생한 느낌 때문이다.

왜 이런 생각이 났는지 알 수는 없지만 괜스레 부끄러워 저도 모르게 현수의 소매를 잡고 슬쩍 고개를 숙였다.

"이거 이거 브레즈네프 동무래 우리 김 회장 동지를 아주 아주 좋아하는 갑네다?"

"······!"

이 대목에서 뭐라 대꾸하겠는가! 현수는 아무런 말도 하지 않았다.

"참, 이제 봄이 되어 한시름 놓았겠습니다."

북한의 연료 사정을 고려한 말이다.

"길키 않아도 기케 생각하고 있었디요. 디난 겨울은 너무 추웠더랬습네다."

지난번 방문 때 현수는 북한의 핵심 수뇌부에게 앱솔루트 피델러티 마법을 걸었다.

김정은을 비롯하여 김영남 최고인민회의 상임위원장, 박봉주 내각총리, 최룡해 인민군 총정치국장, 리영길 총참모장, 장정남 인민무력부장 및 그들의 부관 전부이다.

하여 현수가 무엇을 말하든 지금처럼 동의하는 말을 하게 된다.

물론 본인은 그걸 느끼지 못한다. 일종의 세뇌를 당한 것인데 전혀 눈치채지 못하는 걸 보면 과연 마법은 마법이다.

"남한에서 열심히 목재펠릿 보일러를 제작하고 있습니다. 여기서도 만들고 있지요?"

"그렇습네다. 남조선 이실리프 그룹에서 보낸 설계도와 시제품을 보고 부지런히 만들고 있습네다. 올겨울엔 많은 가정이 김 회장 동지의 덕을 볼 듯합네다."

김정은의 말은 진심이다. 목재펠릿 보일러를 시험 설치하고 가동시켜 본 결과 상당히 우수한 결과를 얻었다.

바닥에 엑셀 파이프를 깔고 분배기를 설치하는 것이 상당히 번거로운 일이지만 시행토록 했다.

부족한 시멘트 대신 황토로 마감케 하니 공사비도 절감되고 건강에도 좋으며 열효율 또한 상승한다고 한다.

고질적인 연료난을 해결하는 일이며, 인민들의 생활을 개선시켜 주는 일인지라 국방위원회 제1위원장의 치적으로 소문나고 있다.

김정은은 절대충성 마법에 걸려 있는지라 이 일에 대한 후원을 남한의 이실리프 그룹 김현수 회장이 하고 있음을 밝혔다. 하여 북한에서 현수의 위상은 상당히 올라가 있다.

"벌써 설치한 곳도 있나 봅니다."

"기럼요! 우리 공화국에서 가장 추운 중강진 지역부터 설치하는 듕이디요. 남조선에서 보내준 펠릿을 쓰고 있습네다."

중강진은 압록강 중류 지역에 위치한 국경도시로 한반도에서 가장 추운 지역이다.

압록강을 통해 운반된 목재의 집산지이기도 하다.

이곳의 1월 평균 기온은 −20℃이며, −43.6℃까지 내려간

적이 있다. 참고로 서울의 1월 평균 기온은 −3℃이고 부산은 +3℃이다.

"효과가 있는 것 같아 다행이군요."

"기럼요, 기럼요! 아주 됴타고들 합네다."

실제로 목재펠릿 보일러를 설치한 이후 중강진 사람들의 삶은 나아졌다. 넉넉히 공급되는 펠릿이 있기에 집에만 들어가면 훈훈한 기운이 느껴져 한결 따뜻한 겨울을 보낸다.

"안주 기계공업단지 건은 어떻게 진행되고 있습니까?"

"터 닦기 사업이 진행 듕이디요."

"그럼 거기서 일할 분들은 준비가 되고 있는지요?"

"물론이디요. 공화국 내에서도 기쪽 방면에 특출한 재능이 있는 인물들로 선별하고 있는 듕입네다."

"감사하군요."

현수가 고개를 숙이자 김정은은 손을 내젓는다.

"무슨 말씀을……! 우리 공화국의 발뎐에 큰 도움이 될 일이니 의당 나서서 도와야디요. 안 그렇습네까?"

"그리 생각해 주시니 더욱 좋네요. 참, 몽골과 러시아 이실리프 자치령으로 보낼 분들도 선별되었습니까?"

"기렇습네다. 정치범수용소와 교화소에 있는 인민들과 빈민 중에 선별하여 대기시켰습네다."

김정은은 체제에 반하는 인사들을 가둬놓은 수용소와 교

화소 사람들과 빈민 중에 추려 80만 명을 골라두었다.

이들을 보내는 것만으로도 식량 사정이 훨씬 나아질 것이다. 현재의 북한 인구는 약 2,485만 명이다.

80만 명은 이들 중 3.2%에 해당하는 숫자이다.

이들의 입이 덜어지면 나머지가 조금이라도 더 먹을 수 있다. 하여 과감히 자치령으로 보낼 생각을 한 것이다.

"자치령의 일은 무에서 유를 창조하는 것이라 일이 매우 고될 수 있습니다. 위원장님께는 죄송한 말씀이지만 지금부터라도 좋은 음식과 의복을 지급받을 수 있도록 해주셨으면 좋겠습니다. 강한 체력이 필요하거든요."

"……!"

무에서 유를 창조한다는 말에 뭔가 느껴지는 바가 있는지 아무런 대꾸도 하지 않는다.

"가혹 행위도 자제하라 해주십시오. 이제부터 그들이 먹고 입는 것은 제가 책임지도록 하겠습니다."

"아닙네다. 기거이 공화국에서 할 일이디요. 곧 떠날 사람들이니끼니 디금부터라도 나은 대우를 하도록 하갔습네다."

현수가 온전히 부담해 준다면 돈도 안 들어서 좋다.

하지만 벼룩도 낯짝이 있다는 말이 있다. 그렇기에 마지막 부담을 약속한 것이다.

현수는 김정은의 말에 토를 달지 않았다.

절대충성 마법이 걸려 있는 상황이라 본인에게 허위 보고나 거짓말을 하지 않는다는 걸 알기 때문이다.

"인원은 얼마나 됩니까?"

"한 80만 정도 되는 것으로 파악되었습네다."

"…많군요. 고맙습니다. 자치령 개발에 아주 큰 힘이 될 듯합니다. 그들이 일해서 수확될 곡식 중 상당량은 북한 사람들의 배를 불리는 데 사용될 겁니다."

"기대가 큽네다. 헌데 사람만 보내고 아무런 도움도 못 드려 송구합네다."

김정은의 이 말 또한 사실이다.

자치령 개발에 관한 이야기를 현수에게 들었을 때 공화국도 그런 식의 개발을 하면 어떨까 하는 생각을 해보았다.

그런데 포기했다. 국력을 하나로 모아도 하기 힘든 일인데 남북이 대치하고 있는 상황이다.

군부엔 아직도 상당수가 강성이다. 부친으로부터 권력을 이양받았지만 아직 완전하게 군을 장악하지는 못했다.

이런 상황에서 큰일을 벌이다 자칫 반발을 사거나 쿠데타가 일어나면 권력을 잃을 수도 있다.

하여 원하기는 하지만 엄두를 내지 못한 것이다.

"석유화학단지에 관한 준비는 어떻습니까?"

"외국에 파견되어 있는 우리 공화국 인재들을 불러들이는 등입네다. 아마 큰 힘이 될 거입네다."

"덕분에 일이 아주 잘 진행될 것 같습니다. 위원장님과 공화국의 전폭적인 도움에 깊은 감사를 드립니다."

"별말씀을 다 하십네다. 당연히 도와드려야 할 일이요."

진심을 담은 말이라는 게 느껴진다.

"조만간 천지건설 관계자들이 방북할 것입니다. 그때 잘 부탁드립니다."

"걱정 마시라요. 그들은 매우 안전할 것입네다."

관광객이 아니라 북한을 살리러 들어오는 사람들이다. 당연히 귀빈 대접을 해야 한다고 생각하고 있다.

"우선은 부지 확인을 하고 설계에 필요한 자료를 수집할 겁니다. 그건 아시죠?"

"그렇겠지요. 일이란 게 착수하기 먼저 준비가 착실해야 무리 없이 진행되는 거이니까요."

"알아주시니 고맙습니다. 참, 태양광 발전설비 설계도는 왔습니까?"

"왔다고 하더군요. 긴데 기건 약간 문제가 있습네다. 공화국에서 해결 못할 부분이 있다고 하더군요."

"인버터와 파워 컨디셔너라면 그건 남한에서 공급하는 것으로 하지요. 기술이전이 되도록 할 테니 나중엔 공화국에서 만드셔야 합니다."

태양광 발전으로 만들어지는 전기는 직류이다.

인버터는 이것을 가장 완벽한 사인 곡선이 그려지도록 하는 장치이다. 이렇게 만들어진 전압곡선에서 사인파와 일치하지 않는 부분을 왜곡(歪曲, Distortion)이라 한다.

Power Conditioner는 공급되는 전기의 품질을 향상시키는 장치로 역률[7]의 보정, 노이즈(Noise) 및 임펄스[8] 제거 등의 기능을 가졌다.

"반드시 그렇게 되도록 노력하갔습네다. 참, 종자는 어찌되었습네까? 곧 파종 시기인데……."

"올해는 어렵습니다. 일단 시험용을 드릴 테니 재배해 보도록 하십시오. 내년엔 공화국에서 필요로 하는 만큼 제공토록 노력하겠습니다."

"감사합네다. 공화국의 육종학자들을 총동원하여 면밀히 살피라 하갔습네다."

김정은은 공화국의 골칫거리인 연료, 전기, 식량 문제를 모두 해결해 주려는 현수가 너무도 고맙다.

본인도 얻는 바가 있겠지만 받는 것이 더 크다 생각하니 체면이 안 서는 느낌이다.

"우리 공화국에서 김 회장 동지가 원하는 건 무엇이든 이

---

7) 역률(Power factor) : 교류전류에서 유효전류와 피상전력과의 비. 기기에 실제로 걸리는 전압과 전류가 얼마나 유효하게 일을 하는가 하는 비율.
8) 임펄스(Impulse) : 극히 짧은 시간 동안 큰 진폭(振幅)으로 나오는 전압(電壓)이나 전류(電流), 또는 충격파.

루어지도록 노력하갔습네다."

"…전에 말씀드린 대로 지나와의 관계를 정리하는 쪽으로 가닥을 잡으십시오. 공화국은 곧 완벽한 독립하게 될 것입니다. 전기, 연료, 식량 등 말입니다."

"알갔습네다. 다시 한 번 지도하도록 하디요."

요즘 김정은은 수시로 시찰을 나간다. 공화국 인민들의 실상을 제대로 파악하기 위함이다.

실세들의 말만으론 그들이 무엇을 먹고 어떤 일을 하며 어떤 삶을 사는지 알 수 없었다.

얼마 전 김정은은 혜산을 방문했다.

양강도 중부 압록강 연안에 있는 이 도시로 간 까닭은 전방부대 시찰을 위함이다. 시찰을 마치고 시가지를 둘러보던 중 장바닥 꽃제비를 보았다.

바싹 말라 있었는데 물어보니 16세라 한다. 그런데 여덟 살짜리 아이보다도 몸무게가 더 가벼웠다.

꽃제비는 부모와 가족을 잃고 떠도는 청소년으로, 제대로 먹고 입지 못하며 인간답게 살지 못하고 있다. 돌보는 이가 없기에 굶어 죽거나 얼어 죽는 경우가 많다.

그때 비로소 인민들의 삶이 어떤지를 깨달았다.

CHAPTER 10
선물! 하얀 눈꽃

**전능의팔찌**
THE OMNIPOTENT
BRACELET

혜산을 다녀온 이후 김정은은 오랫동안 말을 하지 않았다.

아내인 리설주가 식사 준비가 다 되었다고 해도 상념에 잠겨 있었다. 남한과 북한의 현격한 차이에 대한 고찰의 시간이었다. 그때 현수를 떠올렸다.

성공한 기업가 이상인 인물이다. 어쩌면 북한을 완전히 개조시킬 능력의 소유자일 수도 있다.

현수를 생각만 하면 흠모하는 마음이 절로 일어 국방위원회 위원장 자리를 주는 건 어떨까 하는 생각마저 들었다.

아버지 김정일이 가지고 있던 자리이다. 제1위원장은 위원장보다 아랫자리이니 자신보다 윗자리에 현수를 올려놓을 생각을 한 것이다. 이는 절대충성 마법의 결과이다.

어쨌거나 김정은은 이제 남북한의 격차에 대해 확실히 알고 있다. 아울러 북한의 실상 중 일부는 파악했다.

대대적인 개혁이 필요한데 명분이 없다. 그리고 그걸 시도했을 때 반대세력을 장악할 힘이 아직 없다.

'기다리자. 안주 기계공업단지와 석유화학단지의 공사가 마무리되고 러시아로부터 오는 가스관 연결 공사가 끝나면 그때는 충분한 힘을 가질 수 있게 될 것이야.'

1875년에 칼 마르크스는 '고타 강령 비판(Kritik des Gothaer Programms)'에서 처음으로 공산주의를 두 가지 단계로 구분했다.

능력에 따라 일하고 노동에 따라 분배받는 사회를 낮은 단계의 공산주의로, 능력에 따라 일하고 필요에 따라 분배받는 사회를 높은 단계의 공산주의로 칭한 것이다. 이 중 사회주의는 낮은 단계의 공산주의에 속한다.

아무튼 북한은 사회주의 국가이다. 그런데 그런 나라치고 잘사는 나라가 드물다. 아니, 없다.

김정은은 젊고, 어린 시절을 자유주의 국가에서 보냈다. 당연히 더 나은 사회를 꿈꾼다.

거지같은 나라의 왕보다는 멋진 나라의 왕이 되길 꿈꾸는 것이다. 그런데 가난과 군부가 발목을 잡는다.

현재로썬 유일한 해결책이 현수이다. 그렇기에 현수에 대한 마음이 남다르다.

"김 회장 동지, 이건 여담인데, 브레즈네프 동무와는 어떤 관계이십네까?"

"네? 그건 왜요?"

갑자기 논점을 벗어난 물음에 현수는 당황한 표정을 지었다. 속내를 짐작할 수 없기 때문이다.

"혹시 두 분이 연인 관계이십니까?"

김정은의 이 질문은 그냥 확인 차원이다.

지난 방문 이후 현수를 최측근에서 수행한 최철 대좌와 호위사령부 제1특임대 군관 네 명과 사관 여덟 명은 조사를 받았다. 취조가 아니라 백화원 초대소와 송전각 초대소에서 있었던 일에 대해 물은 것이다.

현수의 호불호를 파악하여 다음번 방문 때 이를 감안한 대접을 하겠다는 의도이다. 그러다 테리나와 현수의 관계에 대한 것을 물었다. 둘이 동침했는지의 여부를 확인한 것이다.

이에 대해 호위사령부 제1특임대원 전원이 하나같이 둘이 동침한 바 없다고 증언했다.

정신계 마법인 앱솔루트 피델러티의 효과이다.

그렇기에 테리나가 단순한 변호사라고 생각하고 있다. 안 그렇다면 동침을 하는 등의 일이 있었을 것이기 때문이다.

현수는 김정은의 물음에 대꾸하는 대신 테리나를 바라보았다.

"테리나, 제1위원장께서 우리가 연인이냐고 물으시는데?"

"위원장님, 김 회장님은 지난해 연말에 권지현님과 결혼을 하신 유부남입니다. 그런데 제가 어찌… 저는 이실리프 그룹 법률고문 자격으로 이 자리를 수행하고 있는 겁니다."

테리나는 속은 쓰렸지만 이렇게 대답할 수밖에 없었다. 공식적인 자리이기 때문이다.

"아, 그렇습니까? 뭐, 의심해서 물은 건 아니고 그냥 그럴 일이 있어 여쭤본 겁니다."

"네에. 오해하지 않으셨으면 좋겠습니다."

아주 깔끔하고 단정한 태도인지라 김정은은 고개를 끄덕여 사과의 뜻을 표했다.

"오늘 밤 어쩌면 '하얀 눈꽃'을 볼지도 모르겠습니다. 공화국의 밤은 기니 즐겨주십시오."

"…아! 오늘 눈이 오는 모양이군요. 저 눈 오는 거 좋아합니다. 기대되는군요."

지난 12월에 송전각 초대소에 머물렀을 때 테리나와 더불어 설경을 즐긴 바 있다. 4월 중순이지만 이 지역은 눈 오는 게 이상하지 않다. 그때 생각이 나서 한 말이다.

"공화국의 눈은 부드럽습네다. 하하하! 하하하!"

"......!"

대체 무슨 소리인지 알 수는 없지만 어쨌든 웃으니 같이 웃어주었다.

"만찬은 즐기고 가시디요."

"그럼요. 전에 뵌 분들을 다시 뵐 생각입니다."

"전에 주신 술만큼 좋은 건 아니디만 기래도 상당히 괜찮은 걸 수배해 뒀습네다. 기대해 주시라요."

"네, 알겠습니다."

잠시 후, 중앙당 제1청사에서의 만찬은 성황리에 끝났다.

김정은이 언급한 술은 100년 이상 묵은 천종삼과 백사를 함께 넣어 담근 것이었다.

각각 1억 이상의 가치를 지닌 것이니 귀한 술 맞다.

김정은은 건강상 술을 자제하는 대신 현수에게 많이 따라 줬다. 사내에게 좋은 것이라며 계속 권한 것이다.

마다할 현수가 아닌지라 주는 대로 받아 마셨다.

연회를 마치고 나오는데 테리나를 청하는 로그비노프 특임대사의 전갈이 기다리고 있었다.

테리나는 러시아대사관으로 갔고, 오늘 밤은 그곳에서 머물러야 할 것 같다는 전갈이 왔다.

현수 입장에선 좋다. 오늘 밤 또 육탄 돌격을 감행할 것이라 예상하고 있었기 때문이다.

늦게 당도한 인사들이 있어 인사를 주고받느라 느지막이 나선 현수는 최철 대좌와 함께 벤츠를 타고 백화원 초대소로 향하고 있다.

"그간 잘 있었지요?"

"그럼요. 덕분에 아주 잘살고 있습니다."

"어라, 말투가 조금 바뀌신 것 같습니다?"

"제1위원장님께서 김 회장님이 불편해하지 않으시도록 남조선 말투를 배우라 하여 그렇습네. 아이코, 또 틀렸네요. 쩝! 연습 많이 했는데 자꾸 이럽니다."

"잘하시는데요, 뭐. 참, 사모님과 아이들도 여전하죠?"

"아이고, 사모님이라니요. 아닙니다. 그냥 마누라쟁이디요. 에구, 또 틀렸네. 아무튼 다 회장님 덕분입니다."

최철 대좌의 아내는 현수가 선물한 통조림을 팔아 제법 큰돈을 만들었다. 오래 두면 썩는 줄 알고 처분한 것이다.

나중에 그게 아니라는 걸 알고 후회했다고 한다. 북한에선 좀처럼 구하기 힘든 물건이기 때문이다.

"오는 길에 아이들이 좋아할 과자 좀 가져왔습니다."

"아, 그러십니까?"

최 대좌의 얼굴이 확 펴진다. 현수가 준 과자를 먹어본 아이들이 또 먹게 해달라고 졸라서 골치 아프던 차이다.

"가는 길에 들릅시다."

"네? 아이고, 아닙니다."

"아니긴요. 댁으로 먼저 가요. 아이들도 보고 싶으니."

"네, 기럼……. 에쿠, 또 틀렸디요. 남한 말 참 배우기 어렵습니다."

잠시 말을 끊은 최철 대좌는 운전자에게 시선을 준다.

"이보라, 김 상위. 전화 좀 하게 차 좀 잠깐 세우라우."

"네, 대장님!"

차를 길가에 대자 최 대좌는 차에서 내려 집으로 전화를 건다. 북한에 급속도로 번지고 있는 손전화이다.

뭐라 통화하더니 금방 차에 오른다.

"실례했습니다, 회장님!"

"아뇨. 개의치 마세요."

차는 이내 창광거리로 들어섰다. 굽이굽이 돌더니 최 대좌의 아파트 현관 입구에서 멈춘다.

"어서 오시라요."

"안녕하세요? 최혁입니다."

"저는 최명이야요."

"지는 최전입네다."

아이들 이름의 끝 자를 모으니 '혁명전'이라는 말이 된다. 하나 더 낳았으면 분명 최사라 불렀을 것이다. 그래야 북한이 키워내고 있는 '혁명전사'가 완성되기 때문이다.

아무튼 최철 대좌의 아내와 세 아이가 일제히 허리를 꺾는다. 주변엔 구경하는 이들이 꽤 된다.

김정은 국방위원회 제1위원장과 언제든지 독대할 수 있는 남한의 사업가가 방문한다는 소문이 쫙 퍼진 결과이다.

물론 이 소문은 최 대좌의 아내가 퍼뜨렸다.

이곳 창광거리에선 대좌가 높은 계급이 아니다. 하여 알게 모르게 무시당하는 경향이 있었다.

변방에 있다 올라와서 더욱 그러했다.

그런데 현수가 직접 방문하는 모습을 보면 그동안 당한 불이익이 더는 지속되지 않을 것이다.

"에구, 뭘 이렇게 나와 계십니까? 그동안 안녕하셨지요? 너희도 잘 있었지?"

"네에, 회장님 덕분에 아주 잘 지냈습네다."

"저희도 잘 지냈습네다, 회장님!"

"하하! 녀석들!"

현수는 아이들의 머리를 쓰다듬어 주었다.

그러는 사이에 트렁크가 열렸고, 두 개의 대형 캐리어가 나왔다. 지난번에 통조림과 과자를 담아온 그것이다.

"안으로 모시겠습니다, 회장님!"

"아, 네, 그러시죠."

아파트 안으로 들어가 보니 전보다 살림살이가 늘어 있다. 통조림을 처분한 돈으로 구했을 것이다.

"절 받으시죠."

"네? 아, 아닙니다."

최 대좌 부부가 마치 설날 세배하듯 하려 하자 현수는 얼른 일어섰다.

자신보다 나이도 많은데 어찌 절을 받겠는가!

"그럼 아이들이 하는 절이라도 받아주십시오."

"아, 그거라면……. 네, 절 받겠습니다."

현수가 다시 좌정하자 최혁, 최명, 최전이 나란히 선다.

"회장 동지, 복 많이 받으시라요!"

"건강하게 오래오래 사시라요!"

"아자씨, 돈 많이 버시라요!"

꼬맹이들의 절을 받은 현수는 피식 웃지 않을 수 없었다.

특히 오래오래 살라는 말이 웃겼다. 여든쯤 먹은 노인에게 나 할 법한 말이기 때문이다.

어쨌거나 절을 받았으니 세뱃돈을 줘야 한다. 하여 지갑을 열어 100달러짜리 지폐 석 장을 꺼내 하나씩 주었다.

달러를 본 적이 없는 아이들이지만 돈이라는 걸 알고는 희희낙락하며 받아 챙긴다. 이 돈은 금방 최 대좌의 부인 주머니로 들어갈 것이라는 걸 알면서도 준 것이다.

"자, 이제 과자 좀 볼까?"

캐리어를 열자 남한의 과자가 즐비하다. 백두마트를 털 때 가져온 것들이다.

"와아! 과자다, 과자!"

아이들이 환호성을 지르며 좋아하자 최 대좌의 입도 슬쩍 벌어진다. 개중에 한두 봉지는 본인 술안주가 될 것이기 때문이다.

캐리어 안에 있던 커피믹스를 맛본 최 대좌 부부는 할 말을 잃었다는 표정을 짓는다.

간편한데다 달콤하면서도 맛이 있으니 당연한 일이다.

대한민국의 것 중 세계 최초인 것들이 몇 있다.

먼저 금속활자가 세계 최초로 발명되고 사용되었다.

'직지심체요절', 또는 줄여서 '직지'라고 부르는 책은 1455년에 인쇄된 서양최초의 금속활자 인쇄본인 '구텐베르크의 42행 성서'보다 무려 78년이나 앞선 것이다.

강우량 측정기인 '측우기'는 1441년(세종23년) 8월 18일에 장영실에 의해 세계 최초로 발명되었다.

MP3도 대한민국이 원산지이다. 1997년에 새한정보시스템이 개발한 '엠피맨'이 세계 최초이다.

4세대 LTE망에서 프리미엄급의 음성 및 영상통화를 즐길 수 있게 해주는 VOLTE 역시 대한민국이 세계 최초이다.

현재의 우유팩은 한국발명학회 신석균 씨가 고안해 냈다. 전에는 가위나 칼로 잘라야 해서 다소 불편했다.

마지막으로 세계 최초인 것이 바로 커피믹스이다.

1976년 12월 '동서식품' 신제품개발반이 고안해 냈다. 현재 전 세계로 수출되는 효자상품이 되었다.

최 대좌의 집을 나서 백화원으로 오는 동안 현수는 뒷좌석의 트렁크 두 개를 네 명의 군관과 여덟 명의 사관에게 나눠 주도록 했다. 이것에 담긴 것은 사탕 종류이다.

평양 순안공항에 계류 중인 자가용 제트기에 있는 것들은 나중에 주겠다고 하자 김 상위의 입이 확 벌어진다.

최 대좌의 집에 갔을 때 몹시 부러웠던 것이다.

"편안히 쉬십시오, 회장님!"

"네, 다들 편히 쉬세요. 이제 객실로 들어가면 나올 일 없을 겁니다."

테리나가 없으니 야간 산책할 일이 없기에 한 말이다.

현수가 객실로 들어가자 그제야 최 대좌 등의 숙여졌던 허리가 펴진다. 백화원 초대소의 직원들은 부럽다는 표정으로 바라보고 있다.

딸깍—!

문을 닫은 현수는 욕실로 들어가 물부터 틀었다. 오늘은 따끈한 물속에 몸을 담고 싶은 기분이 든 때문이다.

물이 쏟아지는 동안 양복을 벗고 편안한 옷으로 갈아입었다. 이것 역시 항온의류인지라 얇아서 활동성이 좋다.

아공간에 있던 다이어리를 꺼내놓고 내일 점검할 사항들을 하나하나 짚어보았다.

내일은 러시아로부터 연결되어 오는 가스관 연결 공사의 진척 상황을 보고받기로 했다. 이 보고는 천지건설에서 파견한 남한 기술자가 할 예정이다.

"흐음! 레일 제작과 기관차에 대한 것도 점검해야 해."

몽골의 이실리프 자치령엔 북한산 철로와 기관차가 들어가게 될 것이다.

러시아의 이실리프 자치령은 러시아산이 들어가고, 콩고민주공화국과 에티오피아는 한국산이 들어간다.

우간다와 케냐는 아직 미정인데 가급적 북한산을 쓰려 한다. 남한의 생산 능력으론 동시에 네 군데의 수요를 채워줄 수 없다 판단한 때문이다.

이런저런 생각을 하다 창밖을 보았다. 하얀 눈이 온다고 했는데 맑기만 하다.

"일기예보가 틀리는 모양이군. 훗!"

남한의 일기예보도 가끔 틀린다. 북한은 더할 것이기에 개의치 않고 메모한 것들을 살펴보았다.

"물이 다 찼나?"

다이어리를 덮고 욕실로 들어가 보니 거반 차 있다. 옷을 벗고 욕조에 들어가 잠시 느긋한 시간을 보냈다.

그러는 동안 아공간에 담겨 있던 책을 꺼냈다. 핵융합발전에 관련된 전공 서적이다.

"흐음! 결국 이그드리아가 있어야 한다는 거네. 근데 1억℃를 진짜 견뎌낼까?"

태양보다도 뜨거운 열이니 불의 정령이라도 걱정되는 것이다. 직접 경험케 해보는 수밖에 없을 듯하다.

현수가 목욕을 마치고 나온 시각은 대략 11시 30분이 되었을 때다.

아무도 없다는 걸 알지만 습관처럼 가운을 걸치고 나와 스킨으로 마무리했다.

"술은… 에이, 그만하자. 백사 넣은 산삼주를 마셨는데 부정 타겠다. 후후후!"

침실로 들어간 현수는 스위치를 올렸다.

딸깍―! 화아악!

"으읏!"

빛이 어둠을 몰아내자 뜻밖의 광경이 보인다. 현수는 화들짝 놀라며 물러섰다. 전혀 예상치 못한 때문이다.

"누, 누구……?"

"오늘 주인님을 모실 백설화(白雪花)라 하옵니다. 소녀의 이름 때문에 하얀 눈꽃이라 불리지요."

정중히 고개를 숙이는 백설화는 완전한 나신이다.

실오라기 하나 걸치지 않은 채 침대 한가운데에 무릎을 꿇고 있다. 보아하니 이 자세로 꽤 오랫동안 기다린 듯하다.

나이는 스물 한둘쯤 되어 보이는데 상당히 예쁘다.

"어, 어서 옷을 입으세요."

"소녀는 주인님께서 품어주셔야 입을 옷이 와요."

"뭐요? 그게 무슨……? 일단 이불로라도 몸을 가리세요."

"…주인님의 뜻이니 일단 그리하겠어요."

백설화는 자리에서 일어나 깔고 있던 이불로 몸을 가렸다. 그 과정에서 몸매가 고스란히 드러났다.

북한 여인치곤 키도 크고 몸매도 좋다. 제대로 된 섭생을 했는지 마르지 않은 글래머이다.

"이름이 백설화라고 했나요?"

"네, 주인님."

"먼저 호칭부터 고칩시다. 나는 주인님이 아니라 김현수라합니다. 지금부터는 김현수 씨라고 불러주세요."

"안 되옵니다. 소녀는 국방위원회 제1위원장님께서 보내신 선물이에요. 오늘로부터 주인님의 소유라 하셨으니 감히 높으신 성함을 부를 수는 없지요."

"……!"

표정과 어휘 선택으로 미루어 짐작컨대 막돼먹은 여자는 아니다. 오히려 제대로 된 교육 과정을 거친 듯싶다.

하지만 여기서 밀릴 수는 없다.

"그래도 주인님이라는 호칭은 안 됩니다. 알았습니까?"

"……!"

대답 대신 눈을 빤히 뜬 채 고개를 좌우로 젓는다.

"백설화 씨, 나는 결혼한 사람입니다. 그러니 어서 의복을 챙기세요."

"아까 말씀드렸듯이 저는 주인님께서 품어주셔야 옷을 입을 수 있다 하셨습니다. 제1위원장님께서요."

실제가 그러하다.

김정은은 아주 긴밀한 끈을 만들어두고 싶었고, 뭐든지 좋은 건 다 주고 싶은 마음에 백설화를 보냈다.

백설화는 어릴 때부터 미모가 남달라 김정일을 위한 기쁨조에 들어갈 예정으로 예술전문학교로 뽑혀갔다.

기쁨조는 '만족조'와 '행복조', 그리고 '가무조'로 분류되어 각각 전문적인 교육을 받는다.

'만족조'는 성적 봉사에 필요한 예절과 기교를 익힌다. 사내가 좋아할 만한 거의 모든 것에 대한 교육도 받는다.

'행복조'는 물리치료 전문의로부터 안마, 마사지, 지압 등의 피로 회복 전문 기술을 연마한다.

마지막으로 '가무조'는 김정일이 즐겨 부르는 남한 노래를 비롯하여 여러 가지 춤과 노래를 배운다.

백설화는 미모가 워낙 빼어났기에 만족조에 배속될 예정이었는데 김정일이 급작스럽게 사망하였다.

졸지에 갈 곳이 사라졌음에도 교육은 계속되었다. 시간이 길어지자 행복조와 가무조의 교육까지 모두 이수하였다.

적어도 기쁨조에선 전천후가 된 것이다.

김정은은 얼마 전 기쁨조에 대한 보고를 받는 자리에서 50명 전원의 면면을 보았다. 이제 자신의 소유가 될 여인들이니 시간을 내서 살펴본 것이다.

그때 가장 눈에 뜨인 게 바로 백설화이다.

하얀 살결과 빼어난 미모, 그리고 환상적인 몸매가 조화를 이루고 있다. 이름 그대로 하얀 눈꽃이다.

품어보지 않았으니 침대에서의 능력은 알 수 없다. 피로 회복 기술도 마찬가지이다. 하지만 노래와 춤은 당장 남한의 아이돌 그룹에 데려다 놓아도 빠지지 않을 정도였다.

게다가 기타와 피아노 연주 솜씨도 수준급이다. 만능 엔터테이너라는 소개에 부합되었다.

마음 같아선 품고 싶었지만 아직 정권 초기이다.

보는 눈이 많기에 훗날로 미룬 지 얼마 안 된다. 그런데 현수가 왔다.

공화국을 위해 큰일을 해주는 사람이다. 뭔가 대단한 선물을 안겨주고 싶다. 하여 김정은은 크게 마음먹고 현수에게 하얀 눈꽃을 진상[9]하기로 했다.

자고로 선물은 가장 좋은 걸 주는 것이 예의이다.

거절할 수도 있기에 그러지 못하도록 현수가 머물 객실에 넣고 옷을 모두 벗겨갔다. 그렇기에 실오라기 하나 걸치지 못한 채 대기한 것이다.

백설화에겐 김현수가 주인이라는 것을 확실하게 주입시켰다. 어떤 수를 쓰건 반드시 품에 안겨야 하며, 그 증빙을 내보여야 한다.

성공만 하면 기쁨조에 속한 여인들이 누린 것보다 더한 영화가 기다리고 있을 것이라 약속했다. 또한 실패할 경우엔 이에 상응하는 처벌이 있을 것이라 하였다.

이곳으로 오는 동안 듣자 하니 백설화가 현수를 유혹하는 것을 실패할 경우 온 가족이 수용소, 또는 교화소로 보내진다고 한다.

구금 시설인 수용소의 공통점은 환경이 열악하고 비위생적이라는 점이다.

어느 수용소나 벼룩이나 반대가 있어 고생이 심하다.

또한 수도 시설 낙후로 세면 및 빨래 등에 어려움이 많고,

---

9) 진상(進上) : 진귀한 물품이나 지방의 토산물 따위를 임금이나 고관 따위에게 바침.

화장실이 수감실 내부에 있어 매우 비위생적이다.

여성수감자를 위한 생리대나 여성용품의 공급은 없다. 하여 그 고통이 매우 심각하다.

교도소라 할 수 있는 교화소의 경우는 이보다 더하다.

가혹할 정도로 높은 강도의 육체노동에 시달리게 된다.

뿐만 아니라 사상투쟁 및 사상교양을 강요하며 제대로 된 식사를 공급하지 않아 심각한 인권 문제를 양산하고 있다.

젊은 여성들은 성적 학대까지 받는다.

따라서 백설화는 오늘 반드시 현수의 품에 안겨야 하며, 순결을 잃었다는 증빙도 보여주어야 한다. 그러고도 처녀막 손상 여부에 대한 검사까지 받게 된다.

짜고 치는 고스톱을 북한 사람들도 아는 것이다.

이런 상황인지라 백설화는 필사적이다. 이 방에서 쫓겨나면 그야말로 인생이 끝나기 때문이다.

수용소로 보내지면 군관은 물론 수많은 하전사의 능욕이 기다리고 있을 것이다. 이제 겨우 스물두 살의 꽃다운 나이인데 어찌 견뎌내겠는가!

"제발… 제발 저를 내보내지 마시고 품어주세요. 네?"

현수가 호색하지 않다 판단한 백설화는 눈물이 그렁그렁한 눈으로 무릎을 꿇은 채 바라본다.

덮었던 이불이 스르르 내려가 다시 처음처럼 다 벗은 몸이

보이지만 현수는 시선을 돌리지 않았다.

무엇이 이 여인으로 하여금 이처럼 필사적으로 만들었는지 궁금했기 때문이다.

"내가 아가씨를 안지 않으면 어떻게 됩니까?"

"주, 주인님께서 제 순결을 취하지 않으시면……."

하얀 눈꽃은 자신이 알고 있는 범위 내의 이야기를 했다. 그러면서 성장과정에 대해서도 말했다.

한국으로 치면 초등학교 6학년 때 선발되어 예술전문학교라는 곳으로 온 이후 기쁨조에 선발되기 위해 교육받은 전부를 이야기한 것이다.

듣고 보니 백설화가 잘못한 것은 하나도 없었다. 얼굴이 예쁘다는 것과 음악에 소질이 있다는 것이 문제였다.

"그러니 제발, 제발 저를 취해주세요. 네?"

한국 같으면 말도 안 되는 이야기를 하며 눈물짓고 있다.

처음 만난 사인데 처녀인 자신을 겁탈해 달라는 것과 다를 바 없기 때문이다. 그런데 뾰족한 수가 없다.

북한의 이런 조치가 충분히 이해되기 때문이다.

김정은이 백설화를 보낸 건 일종의 정략혼을 하자는 것이다. 아르센 대륙에서도 정략혼을 할 경우 첫날밤이 지나면 합방을 했다는 의미로 요 커버에 해당되는 천을 내건다.

신부가 지난밤에 순결을 잃은 흔적을 보여줌으로써 정략

혼이 성공적으로 이루어졌음을 선언하는 것이다.

김정은은 절대복종 마법에 걸려 있으니 그런 셈 치자고 하면 된다. 문제는 그 밑의 실무진이다.

마법에 걸려 있지 않으니 백설화의 처녀막 유무 검사까지 할 것이다. 그리곤 예정된 수순에 따라 수용소, 또는 교화소로 보내지게 될 것이다.

북한은 이런 면에선 매우 철저하다.

그런데 현수라 할지라도 이를 막을 수는 없다. 본인이 떠난 후에 이루어질 일이기 때문이다.

"으음!"

현수는 나직한 침음을 냈다. 발가벗은 채 바들바들 떨고 있는 백설화의 교구는 눈에 들어오지 않는다.

한참을 그렇게 있던 현수는 테리나에게 전화를 걸었다. 예상대로 놀라는 눈치이다.

"테리나, 로그비노프 특임대사 좀 바꿔줄래?"

"네, 잠시만요."

러시아에서 파견한 북핵 담당 특임대사인 로그비노프는 현수가 하는 말을 듣고는 껄껄 웃는다.

백설화가 기쁨조에서 제일가는 미모였다면 현재의 북한 여성 중 가장 아름다운 여인일 것이라 한다. 무엇 하나라도 흠결이 있으면 기쁨조 최종 명단에 오르지 못하기 때문이다.

그러니 품으라고 한다. 그러면 아무런 문제가 없단다.

맞는 말이다. 그런데 그럴 수 없다. 테리나도 애써 거절하고 있는데 어찌 백설화를 안을 수 있겠는가!

그러면 테리나의 육탄 돌격이 도를 넘게 될 것이다. 끊임없이 휘몰아치는 명량의 파도처럼 매 순간마다 괴롭게 할 것이다. 따라서 백설화를 안는 일은 있어선 안 된다.

"그래서 말입니다. 이건 얕은 생각일 수 있는데, 백설화를 로그비노프 대사님의 양녀로 삼는 건 어떻겠습니까?"

"양녀요?"

로그비노프에겐 아들만 다섯이 있다. 모두 장성하여 일가를 이뤘으며 각자 직장을 다니거나 사업을 하고 있다.

막내는 평양과 모스크바를 오가며 무역을 한다.

북핵 담당 특임대사가 부친인지라 거침없는 행보로 영역을 넓히는 중이라면서 자랑이 대단했다.

그때 딸은 없느냐고 물었는데 둘이 있었다고 한다. 하나는 두 살 때, 다른 하나는 여섯 살에 잃었다.

급성 폐렴과 익사였다고 하면서 아쉬워했다. 오래전 일이지만 아들 기르는 재미보다 딸의 재롱이 더 좋았다고 했다.

"아주 예뻐요. 기타와 피아노도 잘 다룬다고 하구요."

"으으음! 내게 잠시의 시간만 주십시오. 조금 있다 전화하도록 하겠습니다."

로그비노프는 노회한 외교관이다.

자신보다도 푸틴에 더 가까운 현수의 부탁이다.

따라서 들어주기는 하되 반대급부가 있어야 할 것이다. 당장 생각나는 것이 없기에 시간을 요구한 것이다.

통화를 마친 현수는 하얀 눈꽃에게 시선을 주었다. 옷을 입혀야겠는데 그럴 수 없을 것 같다.

필사적인 눈빛 때문이다.

# CHAPTER 11
출두명령서를 받다

전능의팔찌
THE OMNIPOTENT
BRACELET

"차 한잔할래요, 아님 맥주 한잔할래요?"

"독한 술은 없나요?"

취해서라도 디밀겠다는 뜻일 것이다.

"나는 술 냄새 심한 여자는 싫어합니다."

"그럼 맥주로 주세요."

냉장고에 있는 대동강 맥주와 마른안주를 꺼내 왔다.

"앉아요, 여기. 이불은 너무 두꺼우니 이걸 걸쳐요."

현수가 건넨 것은 자신이 벗어놓은 와이셔츠이다. 제법 길어 그것 하나만 입어도 가릴 건 대강 가려질 듯싶다.

"고맙습니다, 주인님."

"주인님이라고 부르지 말아요."

"그래도 높으신 존함을 부를 수는 없어요. 위원장님께서 자신과 대등하신 분이라 하셨어요."

이 말은 실제로 김정은이 한 말이다.

백설화를 보내기로 결정한 이후 직접 만나 한 말이다. 어떠한 경우라도 실수하거나 무례히 굴지 말라는 뜻에서이다.

기쁨조에게 있어 김정은은 거의 신과 같은 반열이다. 그러니 현수 역시 그러하다. 그래서 순결을 가져가 달라는 말을 하면서도 조금도 싫다는 내색을 하지 않는 것이다.

"저녁은 먹었어요?"

"아뇨. 트림이라도 하면 주인님이 싫어하실 수 있어서……."

"알겠습니다. 잠시만요."

현수는 프런트로 전화를 걸었다. 그리곤 음식을 부탁했다.

잠시 후 어복쟁반이 왔다.

놋 쟁반에 갖가지 고기 편육과 채소류를 푸짐하게 담고 육수를 부어가며 먹는 추위를 이기게 하는 일종의 전골이자 온면이다.

"먹어요."

"싫습니다."

"나는 배고픈 여자는 안지 않아요."

"…그럼 먹겠습니다. 그런데 트림이라도 하게 되면……."

계속 마음에 걸리는 모양이다.

"괜찮아요. 일단 먹읍시다."

현수가 먼저 수저를 들자 얌전히 고개 숙이곤 수저를 잡는다. 배가 고팠다는 뜻이다.

"네에."

현수가 먼저 덜어서 먹자 따라서 덜어 먹는다.

배가 많이 고팠는지 상당히 많이 먹는다 싶은데 갑자기 수저를 내려놓는다.

"죄, 죄송해요. 감히 하늘같으신 분과… 너무 긴장해서 점심부터 굶어서 배가 몹시 고팠더랬습니다. 그래서… 죽여주십시오. 실례를 했습니다."

"나는 괜찮으니 많이 먹어요."

"아닙니다. 이제 그만 먹겠어요. 죄송합니다."

조신하게 수저를 내려놓고는 고개를 푹 숙인다.

"그럼 치웁시다."

"네에, 제가 하갔습네다. 어머!"

백설화는 저도 모르게 북한말이 나왔다는 듯 화들짝 놀라는 표정을 짓는다.

"그래요. 설화 씨가 치워요."

"네에."

서둘러 먹은 그릇들을 치워냈다. 침실에서 냄새가 나면 안
되기에 객실 밖 복도에 밀어내 놓고는 얼른 문을 닫는다.

본인이 어떤 차림인지를 알기 때문이다. 현수에게 보여주
는 것은 상관없으나 다른 사람들에겐 어림없다는 뜻이다.

"음식을 먹었으니 다시 씻겠습니다."

"아니에요. 그럴 필요 없어요."

"네? 그럼 왜……?"

사람이 끼니를 거르면 입에서 냄새가 날 수 있다. 그래서
먹인 뒤 어떻게 하려는 것으로 생각하고 있던 모양이다.

눈을 동그랗게 뜬 백설화는 얼른 와이셔츠 단추를 푼다. 자
신의 아름다운 몸을 보여줘서 현수로 하여금 혹하게 하기 위
함이다.

그런데 이때 전화가 걸려온다. 현수는 얼른 전화기를 집어
들었다.

"네, 아, 그렇습니까? 고맙습니다. 네, 네. 그건… 테리나
는… 네, 그렇지요. 알겠습니다. 그렇게 하죠. 이제 어떻게 하
면 됩니까? 네, 네. 알겠습니다. 네, 네, 감사합니다."

로그비노프로부터 걸려온 전화를 받은 현수의 표정이 편
안해진다. 한시름 던 얼굴이다.

로그비노프는 백설화를 양녀로 맞이하겠다고 한다. 딸이

되었으니 앞으로 러시아대사관에서 기거하게 된다.

북한이 손을 쓸 수 없는 공간으로 들어가는 것이다.

대신 조건이 있다.

현수가 북한에 머무는 동안 백설화를 비서로 데리고 다녀야 한다는 것이다. 테리나가 있다고 하니 그녀는 법률고문이지 비서가 아니지 않느냐고 한다.

맞는 말이기에 그렇다 할 수밖에 없었다.

백설화는 로그비노프에게 죽음에서 생환한 것과 같은 은혜를 입는 셈이다. 매우 고마워할 것이 분명하다.

은혜를 갚으려는 백설화를 현수 곁에 둠으로써 자신의 위치를 공고히 하려는 의도이다. 현수와 푸틴의 밀월 관계를 잘 알기에 제안한 조건이다.

24시간 비서라는 것이 조금 께름칙하기는 하지만 북한에 올 땐 테리나와 동행할 확률이 매우 높다. 그리고 순결을 빼앗지 않아도 되니 충분히 감내해 낼 만하다.

"백설화 씨."

"네, 주인님."

"조금 전 나는 러시아에서 파견한……."

현수는 로그비노프와의 통화 내용을 있는 그대로 설명해 주었다. 자신이 그렇게 한 이유는 사랑하는 아내가 있기 때문이라는 친절한 설명도 덧붙였다.

잠자코 이야기를 듣더니 눈물을 주르르 흘린다. 자신을 위해 애써준 마음이 느껴진 때문이다.

"주인님, 죽을 때까지 주인님을 위해 천지신명께 기도할게요. 감사합니다. 정말 감사합니다."

"이제 마음 편히 먹어도 되는 거 알죠?"

"네, 고맙습니다. 열심히 모실게요. 언제든 제가 필요하시면 말씀만 하세요. 그리고 언제든 저를 취하셔도 돼요. 주인님이시니까요."

"에구, 주인님이라는 말 안 하면 안 돼요?"

"네? 그럼 뭐라고……."

말을 해놓고 보니 마땅한 호칭이 없다.

김 회장님이라고 부르라 하긴 조금 그러하다. 김현수 씨라부르라 하면 죽어도 안 그럴 것이다. 하여 잠시 뜸을 들였다.

"오빠라고 하세요."

"네에? 오, 오빠라니요? 가당치 않습니다. 저 같은 게 어찌……. 그건 안 되는 거잖아요."

"그럼 오라버니?"

여동생이 없는 현수이기에 한 말이다.

"오라버니라니요? 그게 그거잖습니까."

"오빠나 오라버니 중에 골라요. 다른 마땅한 호칭이 없으니까요."

"…오라버니라 부를게요. 대신 말을 놓으세요. 저보다 한참 높은 분이신데……."

"그래, 이제부턴 말 놓을게, 설화야."

"네, 오라버니. 그렇게 말 놓으세요."

현수와 하얀 눈꽃은 밤새 이야길 주고받았다. 어찌 살아왔는지를 들어본 것이다. 현수는 북한의 실상을 알고자 이것저것을 물었고, 백설화는 아는 범위 내에서 대답했다.


떵동―!

벨 소리에 문을 여니 테리나가 왔다. 부탁한 사이즈의 옷을 사오느라 시간이 걸렸다고 한다.

모든 옷을 갖춰 입은 백설화는 과연 북한 제일 미녀다운 맵시를 보여주었다.

잠시 후, 테리나와 백설화는 러시아대사관으로 향했다. 로그비노프가 보낸 외교 차량을 타고 간 것이다.

"휴우! 다행이야."

현수는 나직한 한숨을 쉬곤 나갈 채비를 갖췄다. 이때 노크 소리가 들린다.

똑똑!

"누구십니까?"

"회장님, 저 최철 대좌입니다. 아래층에 차 대기시켜 두었습니다."

초인종을 누르는 무례를 범할 수 없어 노크를 한 것이다.


"어서 오시라요. 밤엔 잘 쉬셨습네까?"

"위원장님께서 보내신 꽃은 마음에 들었습니다."

"하하! 기래요? 내 기럴 줄 알았더랬습니다. 기 아이가 참 참하디요? 배운 거이 많아서리 좋으셨겠습네다."

김정은은 자신의 뜻이 받아들여진 것이 몹시 흡족하다는 표정으로 환히 웃는다.

"위원장님, 백설화 양이 너무 마음에 들어 제 곁에 두고 싶은데 그래도 되겠습니까?"

"아아, 기 정도였습네까? 하하! 마음대로 하시라요. 이제부터 그 아인 김 회장님의 것이니까요."

"네, 그런데 제가 늘 이곳에 머물 수는 없지 않습니까? 그래서 제가 자리를 비운 동안은 설화 양을 로그비노프 대사에게 부탁했습니다."

"아, 특임대사님이요?"

"네, 대사님이 설화 양을 대사관저로 불러서 현재 그곳에 있습니다."

"아, 기래요? 알갔습네다. 그나저나 오늘 참 바쁘겠습니다. 자자, 들어가시디요. 보고할 준비되었다 합네다."

"네, 그러시죠."

잠시 후 천지건설에서 파견한 기술자와 러시아 국영기업인 가즈프롬의 기술자, 그리고 북한의 기술진들이 들어와 보고를 시작했다.

동시베리아 야쿠티아 자치공화국에 위치한 차얀다 가스전 연결 공사는 천지건설이 주(主)가 되어 가즈프롬과 북한 기술진의 협조를 얻어 진행되고 있다.

현재는 지질 검사를 하고 있으며, 배치도가 완성될 때까지 가스관을 지지할 기초를 제작한다고 한다. 어차피 일률적인 사이즈가 될 것이니 충분히 가능한 일이다.

*　　*　　*

"수고했다."

"그래, 별일 없지?"

"없겠냐? 많지."

현수를 맞이한 주영은 불만 섞인 어투이다. 너무도 바빠 제대로 쉴 틈이 없기 때문이다.

"야, 너무 힘들어 죽겠다. 일에 치어서 산다, 살아. 이건 뭐 신혼인데도 은정 씨나 나나……. 친구야, 월급 왕창 깎아도 되니까 일 좀 줄여주라."

"사람 더 뽑아 쓰라니까."

"야, 사람 하나 뽑아 쓰는 데 돈이 얼마나 많이 드는지 아냐? 고용하는 데 비용 들지, 매달 월급 말고도 국민연금, 건강보험, 고용보험, 산재보험료 내야 한다. 게다가 책상 줘야지, 전화선 늘려야지. 에휴, 끝도 없네."

주영이 회사 돈을 아끼기 위해 가급적 인원을 늘리지 않으려는 속내를 읽은 현수는 고마운 마음이 들었다.

이쯤 되면 그에게 회사를 통째로 맡겨도 될 만하다.

"너 일을 하루 이틀 하고 말 거야? 이실리프 자치령이 몇 군덴지 알지?"

"그럼. 콩고민주공화국, 몽골, 에티오피아, 러시아, 이렇게 넷 아냐. 각각 우리나라보다 조금 더 크고."

"우간다와 케냐에도 생길 확률이 있다."

"미친……! 뭔 일을 이렇게 끝도 없이 벌이냐?"

"그러게. 내가 생각해도 그렇다. 그래도 어쩌겠냐? 이게 다 같이 잘 먹고 잘살자고 하는 일이잖냐."

주영은 고개를 끄덕인다.

돈을 벌려는 목적보다는 사람들에게 좋은 일자리와 편안하고 깨끗한 주거를 제공하기 위함이다.

지금껏 가진 자들의 말도 안 되는 횡포와 전횡에 눈물 흘리던 사람들을 어루만져 주고 싶고, 그렇지 않은 삶도 있다는 걸 보여주고 싶기도 하다.

경쟁 일변도인 대한민국의 현재를 바꾸고 싶은 마음도 있다. 이 사회는 사람을 너무 몰아세운다.

초등학교 저학년 때부터 고등학교를 졸업할 때까지 학원을 다니며 오로지 공부에만 매진해도 변변한 직장을 얻는 것조차 어렵게 만들어놓았다.

지금은 많이 나아졌지만 한때 −2교시라는 게 있었다.

정규 수업이 시작되기 두 시간 전에 학교에 오라는 소리다.

밤 10시까지 실시하는 강제 야자가 끝나면 새벽 1시까지 이어지는 심야 과외를 해야 했다.

고등학생은 사람이지 공부하는 로봇이 아님을 잘 알면서도 경쟁적으로 애들을 괴롭혔다.

이렇게 하도록 몰아세운 사람은 선생들이다.

존재하지도 않는 학교의 명예 운운해 가며 학생들에게 팍팍한 삶을 강요했다.

모두 교직에서 축출해야 마땅할 것이다. 그리고 이런 생활이 정말 사람다운 삶인지 교육부에 반문하고 싶다.

학교를 졸업한 이후 시그마($\Sigma$)를 몇 번이나 쓰며, 3제곱근($\sqrt[3]{}$)이나 4제곱근($\sqrt[4]{}$)은 얼마나 쓰는가!

행렬과 벡터, 함수와 역함수, 합성함수와 로그(log), 미분과 적분, 극한과 수열은 얼마나 자주 사용하는가!

평생에 한 번도 쓰지 않을 것을 억지로 배우게 하고, 그걸로 평가하여 줄을 세우는 세상이다.

그리고 한 번 잘못해 나락으로 떨어지면 다시는 원래의 자리로 되돌아갈 수 없는 사회 구조이다.

실수한 것을 깨닫고 다시 시작하려 해도 기회가 없다.

자본금이 없으면 어떤 일을 시작할 엄두조차 낼 수 없는 이런 사회는 올바르지 않다.

돈이 없어도 행복한 삶이 가능해야 한다.

어린 시절부터 대학을 졸업하고 제대하는 그날까지 현수는 가난했다. 그래서 없는 사람들의 팍팍한 삶을 아주 잘 이해한다.

이제는 누구보다도 부자가 되었다. 그래서 바꾸고자 마음먹었다.

이실리프 자치령에선 한국처럼 몰아세우는 교육은 하지 않을 것이다.

마음 같아선 연립방정식을 고3 때 배우도록 하고 싶다.

행렬, 벡터, 극한, 미분, 적분 등은 아예 교과서에서 지워 버릴 것이다. 세제곱근, 네제곱근 같은 것들도 없애고 복소수도 가르칠 이유가 없다.

합성함수, 역함수, 유리함수, 무리함수, 삼각함수, 도함수 같은 것도 교과 과정에서 배제시킬 것이다.

이런 건 꼭 필요한 사람들만 배우게 하면 된다.

대학을 졸업하지 않아도 얼마든지 취직하여 살 수 있게 만들면 경쟁이 줄어들 것이다. 급여의 차이도 줄일 것이다.

의사, 변호사나 일반 직장인이 버는 게 거기서 거기면 경쟁은 줄어들 것이다.

현수가 돈만 추구했다면 가진 돈으로 펀드를 만들어 시세 차익만 노렸을 것이다. 비용도 많이 들지 않고 직원도 많을 필요가 없다. 전문가 몇 명만 있으면 될 일이다.

삼성전자의 시가총액은 약 200조 원이다.

이실리프 뱅크의 자본금 15조 1,200억 원은 약 7.56%의 지분을 챙길 수 있는 돈이다. 참고로 삼성전자 이건희 회장의 지분은 3.4%이다.

이럴 경우 단 한 명의 직원도 필요 없다. 때 되면 알아서 배당금이 들어올 것이고, 주가가 오르면 사거나 팔면 된다.

대주주로서 경영에 참여하면 막대한 급여도 챙길 수 있다.

"아무튼 사람 더 뽑아 써라. 일은 줄어들지 않을 테니까."

"으이그!"

주영은 징글징글하다는 표정을 짓는다.

"그런 일을 잘하는 사람이 있을 거야. 직장 생활을 해보면 어떤 사람은 1시간 만에 끝내는 걸 다른 사람들은 야근까지 하는 경우가 있어."

"있지. 그런 사람."

많은 사람을 접해봤기에 이젠 주영도 알고 있다.

"그런 사람들을 써. 대신 월급 더 주고. 일을 더 빠르고 정확하게 할 거야. 그게 더 효율적이지 않겠어?"

"그렇긴 해도……."

"뭐가 문젠데?"

"그럴 경우 급여를 어떻게 하느냐는 거지. 너무 많이 주면 직원 간에 위화감이 생길 수 있잖아."

"그게 문제라면 꼭 급여로 해결할 필요가 있을까? 성과급이라는 게 있잖아. 아니면 고속 진급이라든가. 아예 임원급으로 승진시키는 것도 방법이지."

"알았다. 그건 내가 알아서 할게. 그나저나 웬일이냐?"

"제수씨가 여기 가면 내게 온 우편물이 있다고 하던데?"

북한에서 돌아온 후 현수는 곧장 이실리프 무역상사로 향했다. 목재펠릿 보일러와 펠릿의 수급, 그리고 북한으로 보낸 식량 수출 건이 어찌 되었는지 알아봐야 했기 때문이다.

"아, 그거? 그래, 내가 대리로 받아놓은 거 있다."

주영이 건넨 것엔 본인 외 개봉 금지라 쓰여 있다.

그래서 그런지 펼쳐보지 않은 것이다. 도착한 날짜는 1주일 이상 지나 있다.

"검찰청에서 뭐지?"

뭔가 싶어 펼쳐보니 출두명령서라는 제목이 눈에 뜨인다.

"출석요구서도 아니고 명령서?"

제목부터 반감이 간다.

내용을 살펴보니 정부의 허락 없이 방북한 것에 대해 조사할 것이 있으니 검찰로 오라는 내용이다.

날짜를 보니 오늘이다.

"지금 몇 시냐?"

"10시 반."

"그래? 그럼 나 좀 나갔다 올게."

"어딜 가는데?"

"요 앞."

주영은 현수가 개인적인 용무를 보려는 것으로 알고 고개를 끄덕인다. 그리곤 깜박 잊었다는 듯 말을 잇는다.

"갔다가 꼭 와야 한다. 네가 봐야 할 문건들이 좀 있어."

"그렇겠지. 너 말고도 볼 사람이 있어 다시 올 거니까 너나 어디 가지 마라. 참, 주효진 변호사님은?"

"요 아래층 복도 끝에 사무실 있다."

"땡큐!"

주영의 사무실을 나선 현수는 윤성희 비서가 들고 온 주스 잔을 받아 단숨에 비웠다.

"토마토주스 고마워요, 윤 비서."

"네에, 회장님."

윤성희 비서가 뭔가 말을 이으려 할 때 현수는 계단실 문을 열고 있었다.

"갔다 다시 올 겁니다. 할 말 있으면 이따 하세요."

"네에, 회장님."

계단실 문이 닫혔지만 윤성희 비서는 정중히 허리를 숙여 예를 갖춘다. 나라를 위해 큰일을 하는 사람이란 걸 알기에 존경심에서 하는 예이다.

똑똑!

"네에 들어오세요."

주효진 변호사의 대답에 문을 열고 들어가니 보고 있던 서류를 챙기다가 그대로 멈춘다.

"앗! 김현수 회장님! 회장님께서 여긴 어떻게……?"

"그간 안녕하셨지요? 우리 회사로 자리 옮기셨다는 말을 들었는데 난초도 하나 못 보냈습니다."

"아이고, 무슨 말씀을……. 덕분에 아주 편해졌습니다."

주효진 변호사는 자신의 사무실을 손으로 가리킨다. 널찍하고 쾌적한 분위기로 인테리어가 되어 있다.

소파, 책장, 책장 등의 집기 모두 세련된 디자인이다. 그룹 디자인실에서 주 변호사의 호불호를 물어 준비한 것이다.

"마음에 드시는 것 같아 다행입니다."

"네, 아주 흡족합니다. 그런데 무슨 일로……."

현수가 너무 바빠서 이실리프 그룹으로 자리를 옮긴 지 오래되었지만 오늘 처음 만난다. 따라서 웬만한 일로 온 것이 아닐 것이다.

"검찰에서 제게 출두명령서를 보내왔습니다. 오늘 11시 30분까지라 가보려 하는데 주 변호사님과 동행하면 어떨까 해서 왔습니다. 시간 되십니까?"

"…당연히 되지요. 그룹 회장님 일인데요. 가시죠. 걸어가기엔 조금 멀고 교통은 혼잡하니 지금 나가야 늦지 않을 겁니다. 가는 동안 무슨 일인지 설명을 들었으면 합니다."

"그러시죠."

둘은 곧장 지하주차장으로 내려갔다. 거기서 준중형 세단을 탔다. 주 변호사의 검소함을 엿볼 수 있다.

변호사 중 일부는 과시 목적으로 대형 외제차를 타는 경우가 많은데 10년쯤 된 국산 준중형 차이다.

이실리프 빌딩에서 서초동 검찰청까지 가는 길은 말한 대로 많이 밀렸다. 덕분에 왜 출두명령서를 받았는지에 대한 소상한 설명이 가능했다.

"그러니까 예외적으로 이중 국적이고 러시아에서 발부한 외교관 여권을 가지고 있으시다구요?"

"네, 근데 면책특권이 있는 건지는 잘 모르겠습니다. 신임장을 제가 제출한 게 아니라서요."

푸틴 대통령이 수여한 신임장은 주한 러시아대사 콘스탄틴 바실리예비치 브누코프를 통해 대한민국 대통령에게 제출되었다. 원래는 본인이 내야 맞지만 푸틴의 명을 받아 대리 제출한 것이다.

외교 관계에 관한 '빈 협약'에 따르면 그 나라 법을 따르지 않아도 되는 면책특권이 적용되는 외교 사절엔 국가 원수에 대하여 파견되는 대사가 포함되어 있다.

현재 현수의 신분이 이러하다. 따라서 현수는 면책특권을 적용받는 존재이다. 본인이 인지하고 못할 뿐이다.

주효진 변호사는 즉시 주한 러시아대사관에 연락하여 현수의 신분을 확인했다.

대사관 직원이 대체 왜 그러느냐 물어서 출두요구서를 받았다는 말만 하고 끊었다.

주효진 변호사는 대한민국 검찰이 현수를 오라 가라 할 권한이 없다는 것을 알게 되자 재미있다는 표정으로 바뀐다.


똑똑!

"누구시죠?"

"김현수라 합니다. 권인기 검사께서 발부한 출두명령서를 받고 왔습니다."

"그래요? 잠시 기다리세요."

나이 든 여직원이 가리킨 곳엔 껍질이 살짝 벗겨진 내자 소파가 놓여 있다. 주효진 변호사는 잠시 만나고 올 사람이 있다 하여 현재 동행하지 않은 상태이다.

약 5분쯤 기다리자 여직원이 다가온다.

"검사님이 들어오시랍니다."

"그러죠."

안내된 곳으로 들어가니 40대 중반으로 보이는 사내가 서류를 뒤적이다 시선을 든다.

"아, 거기 앉으십시오."

"네."

현수가 자리에 앉았음에도 권 검사는 계속 서류를 뒤적거리고 있다. 그러다 문득 생각났다는 듯 입을 연다.

"북한엔 왜 가셨습니까?"

"네?"

"북한에서 누굴 만났습니까?"

"……!"

"당국의 승인 없이 방북하면 어떤 처벌을 받는지 모르십니까? 기업을 운영하시는데 그만한 것도 알려주는 사람이 없는 겁니까?"

현수는 아무런 대꾸도 하지 않았다. 이 사람은 공정한 조사를 위해 자신을 부른 게 아니라는 느낌이 든 때문이다.

"북한을 방문해 김일성을 찬양한 바 있습니까? 북의 전술에 동조하는 활동을 했습니까? 북한의 주체사상에 기반을 둔 통일이 옳다고 생각합니까?"

"김일성을 찬양했는지의 여부는 기억나지 않습니다만 안치된 시신은 보았습니다. 북의 전술이 무엇을 의미하는지 몰라 그건 대답할 수 없고, 주체사상탑은 구경한 바 있습니다."

권 검사는 전혀 주눅 들지 않는 현수를 슬쩍 째려본다.

"큰 기업을 운영한다는 거 알고 있습니다. 외국에 커다란 농장을 조성하려는 것도 알고요. 돈도 제법 많이 벌었지요?"

"……!"

뭔가 비아냥거리는 듯한 뉘앙스가 느껴진다.

"그 돈 다 어디에서 난 겁니까? 북한에서 공작금으로 받은 겁니까? 받았다면 어디에서 얼마를 받은 겁니까? 미리 말하지만 조금이라도 거짓말을 하면 취조는 점점 더 집요하고 길어질 겁니다."

현수는 얼마 전 본 영화 '변호인'의 고문 장면이 떠올랐다. 아이돌 그룹 출신 임시완이 당한 물고문과 통닭구이, 그리고 무지막지한 폭력 신이다.

그러고 보니 눈앞의 검사가 그 영화에서 배우 곽도원이 맡은 악질 차동영과 오버랩(Overlap)된다.

당연히 입이 다물려진다. 같이 이 세상의 공기로 호흡하는 것조차 불쾌한 기분이 들어서이다.

"당신, 제대로 불어야 할 거야. 참, 국회의원 박인재라는 분 알지?"

슬쩍 말까지 놓는다. 이쯤 되면 막가자는 뜻이다.

"홍신표 의원 보좌관 나성범 씨는 아나?"

"……!"

현수가 대꾸하지 않자 다시 서류에 시선을 주며 묻는다.

"세정캐피탈 유국상 회장님과 유진기 전무이사도 몰라?"

'드디어 잡았군. 이놈이 세정파 뒤를 봐주는 놈일 거야.'

현수는 내심 쾌재를 불렀다.

홍진표 의원실과 권철현 고검장은 증거를 수집하는 한편 은밀한 내사를 해왔다. 그런데 꼬리를 잡지 못했다.

증거는 있지만 오리발을 내밀면 그것만 가지곤 의원직 박탈이랄지 기타 제대로 된 처벌을 가할 수 없어 연결고리를 찾고 있는 중이다.

막대한 돈이 오가는 이런 사건의 경우는 마치 고구마처럼 하나를 캐면 나머지도 줄줄이 딸려 나온다. 소위 일망타진이라는 걸 할 수 있는 케이스이다.

"정문부 검사장님과는 어떤 관계이십니까?"

"검사장님? 집안 아저씨지. 이런, 지금 누가 누구에게 묻는 거야? 조금 전에 내가 물은 것에 대한 대답을 해."

"통일부에선 누가 나를 조사하라고 했습니까?"

"뭐야? 이 사람이 지금 어디서……. 이봐요 김현수 씨! 여긴 검사실이야, 검사실. 그리고 내가 검사야. 너는 출두명령서를 받은 당사자이고. 알았어? 지금부터는 나만 묻는다. 너는 대답만 해. 알았어?"

권 검사의 거친 말투에 슬쩍 화가 난다. 하지만 내색하지 않았다.

CHAPTER 12
자네 미쳤나?

"통일부 누가 나를 무단 방북죄로 엮었는지 알려달라는데 그게 안 되는 겁니까?"

화가 난다는 듯 들고 있던 서류로 탁자를 내려친다.

쾅—!

"이 사람이 진짜! 묻지 말라고 했지?"

"무단 방북이면 국가보안법으로 엮을 수 있겠습니다."

"내가 묻지 말라고 했지? 정말 해볼래?"

"나는 아무것도 묻지 않았습니다. 무단 방북을 하면 국가보안법으로 엮을 수 있다고 했을 뿐입니다."

"그게……."

현수의 말이 맞기에 권 검사는 잠시 말을 끊는다. 하지만 그 시간은 그리 길지 않았다.

"아무튼 지금부터 내가 묻는 말에 대한 대답만 해. 그거 외엔 입도 벙긋하지 마. 알았어?"

"근데 진짜 검사입니까? 신분증 좀 보여주십시오."

"이런 미친……! 자, 봐라, 봐!"

권 검사는 목에 걸고 있던 신분증을 신경질적으로 현수에게 내던진다. 하지만 겨냥이 잘못되어 바닥으로 떨어진다.

슬쩍 허리를 굽혀 신분증을 집어 든 현수는 확인하는 척하며 손톱으로 마법진을 그렸다.

그리곤 눈치 못 채게 나직이 속삭였다.

"시비어 써스티(Severe Thirsty)!"

"봤어? 봤냐구? 다 봤으면 내놔!"

현수는 신분증을 건넸다.

"공부하느라 애썼겠습니다. 한 10년 걸렸습니까?"

법대 졸업 후 사법고시 최종 합격까지 걸린 시간을 물은 것이다.

"7년! 근데 그건 왜 물어?"

"성격이 너무 급하신 거 같아서요. 마치 굶주린 아귀가 폭식하는 것처럼 너무 도전적이십니다."

"도전적? 내가? 너에게? 돈 좀 벌더니 눈에 뵈는 게 없나 보네. 자, 다시 묻는다. 넌 통일부 허가 없이 방북을 했어. 맞아, 틀려?"

"맞습니다."

"좋아, 이제 제대로 대답하는군. 자, 다음은 북한에 가서 김일성의 시신을 봤다고 했는데 헌화를 하고 고개를 숙였나? 엉? 그랬어?"

현수에게 시선을 고정시킨 채 진실만을 답하라는 표정을 짓는다.

"글쎄요? 그건 기억나지 않습니다. 안 그랬던 것 같기도 하구요. 사람이 살면서 모든 걸 기억하는 건 아니잖아요?"

"이런 미꾸라지 같은……. 좋아, 남북한의 통일을 바라? 통일이 된다면 어떤 식이어야 한다고 생각해?"

이번 대답에서 기어코 꼬투리를 잡겠다는 듯 볼펜을 빙빙 돌리며 시선을 집중시킨다.

"남북한의 경제력 차이가 심하니 적당히 균형이 잡힐 때까지 기다려야 한다 생각합니다. 그래야 통일 비용이 적게 들 테니까요."

"그럼 남한의 경제력이 낮아지고 북한의 그게 나아지면 되겠네. 안 그래?"

슬쩍 시도해 보는 유도신문이다.

"그보다는 북한의 경제력이 나아지는 게 낫지 않을까요?"

"호오, 그러니까 북한을 발전시켜야 한다 뭐 이런 건가? 그래서 어떻게 할 건데?"

권 검사는 드디어 한 건 했다는 표정이다.

"북한이 발전할 수 있도록 많은 일을 줄 생각입니다."

"……!"

본인의 대꾸를 기다리지 말고 계속하라는 손짓을 한다.

"러시아에서 오는 가스관 연결공사는 이미 시작되었습니다. 안주엔 기계공업단지가 들어설 것이고, 인근엔 석유화학단지 또한 세워질 겁니다."

"그래? 그 돈은 누구 주머니에서 나오지?"

슬쩍 아무렇지도 않은 표정이지만 속으론 어디 두고 보자 하는 생각을 하고 있다. 그러거나 말거나 현수의 말은 이어지고 있다.

"우리 이실리프 그룹이 부담하는 게 상당할 겁니다."

"그러니까 남한에서 번 돈을 북한에 퍼붓겠다는 뜻이군."

"생각하기에 따라선 그렇게 여겨질 수도 있겠습니다."

"좋아, 북한에선 누굴 만났지?"

"김정은 국방위원회 제1위원장을 만났습니다. 김영남 최고인민회의 상임위원장과 최영림 내각총리, 그리고 최룡해 총정치국장과 김격식 참모총장, 김영철 정찰총국장 등을 만났습니다."

현수의 말이 이어지자 권 검사의 표정이 일그러진다.

"이봐, 지금 나랑 장난하자는 거야?"

현수는 기업인이다. 돈을 많이 벌었다고는 하지만 방금 언급된 사람들을 만날 급은 아니다.

나이도 이제 겨우 서른인데 돈 좀 있다 해서 북한 최고위 인사들이 쉽게 만나주겠는가! 하여 자신을 상대로 농담을 한다 생각하고 화를 낸 것이다.

"그런 사람들 말고 누굴 만났지?"

"백설화라고, 기쁨조에 속해 있던 아가씨를 만났습니다."

"…뭐야? 북한에서 매매춘을 했단 말이야?"

기쁨조가 뭔지 모르는 듯 진짜 무식한 질문이다. 현수는 고개를 갸웃거렸다. 검사가 이런 것도 모를까 싶은 것이다.

"매매춘이라니요. 그런 거 아닙니다. 그나저나 저를 고발한 게 통일부가 아니라면 누굽니까?"

"그건 알 거 없어."

"박인재 사무총장이신가요? 아님 홍신표 의원인가요? 그도 아니라면 세정캐피탈의 유국상 회장? 아니면 유진기 전무이사입니까?"

"이 사람이 진짜! 내가 그걸 말해줄 것 같아?"

"텔 더 트루스!"

이 마법은 일회용이고 효율이 낮다.

많은 마나가 소모되는 올웨이즈 텔 더 트루스에 비하면 1,000분의 1 정도밖에 소모되지 않는다.

그래서 때로는 마법이 효력을 발휘하지 못하기도 한다.

상대가 잔뜩 경계할 때 그러하다. 아무튼 현수의 입술이 달싹였지만 권 검사는 전혀 눈치채지 못했다.

"누가 절 고발한 겁니까?"

"그거? 박인재 의원. 앗! 방금 내가 뭐라고 한 거야? 야, 인마! 왜 자꾸 내게 물어? 앙?"

자리에서 벌떡 일어난 권 검사가 현수에게 다가와 멱살을 잡은 순간이다.

벌컥ㅡ!

"권 검사!"

"앗! 총, 총장님! 총장님께서 어떻게 여길……."

검사실을 열고 들어선 이는 검찰총장 전성운이다. 권 검사에겐 최고위 직속상관인 어른이다.

검찰총장의 뒤엔 주효진 변호사와 절친인 중앙지검 김세윤 검사가 서 있다.

"자네 지금 뭐 하려던 것인가?"

권 검사는 잡고 있던 현수의 앞섶을 슬그머니 놓으며 한 발짝 뒤로 물러선다.

"네?"

"자네 앞의 그분, 러시아 푸틴 대통령이 임명한 국제협력 담당 특임대사이시네. 면책특권을 가지셨지."

"아, 아닙니다. 이 사람은 이실리프 상사라는 회사의……."

권 검사의 말은 이어지지 못했다. 전성운 검찰총장이 버럭 소리를 지른 때문이다.

"그럼 내 말이 거짓말이라는 겐가?"

"네? 그, 그건 아니고요……."

겁먹은 개처럼 살그머니 꼬리를 내리곤 눈치만 살핀다.

"자네가 어떤 무례를 저질렀는지 모르지만 사과드리게."

"네? 총장님……!"

같은 식구끼리 왜 이러느냐는 표정을 짓는다. 팔은 안으로 굽는다고, 같은 조직에 있지 않느냐는 표정이다.

"자네가 저지른 무례 때문에 내가 청와대에 가서 고개를 숙여야 한다 생각하는 겐가?"

비교적 보수적인 검찰 조직은 전성운 총장이 이번 정권과 궁합이 맞지 않는다는 것을 알고 있다.

여당이 아닌 야당을 지지하는 인사이다.

그래서 그런지 검찰총장에 취임하던 날 청와대, 또는 여당 으로부터 내려오는 압력이 있거든 굴복하지 말고 모두 자신 에게 연락하라고 했던 인물이다.

실제로 여당 국회의원들이 청탁을 넣었다가 거절당한 뒤 대놓고 얼굴을 붉힌 적도 있다.

얼마 전, 휘하 검사가 중대한 실수를 저질러 사회문제가 되었다. 업무 태만 때문에 제대로 된 소송 준비를 못하여 패소하게 되었는데 이 때문에 국고가 낭비되었다.

전 총장에 대해 악의를 품고 있던 언론이 이를 보도해 사회적 이슈가 되었다. 총수가 태만하니 휘하 검사까지 그렇다는 내용과 일개 검사의 실수로 왜 총장까지 걸고넘어지느냐는 댓글 전쟁도 벌어졌다.

전성운 검찰총장은 치열한 댓글 사태에 대국민 사과를 했다. 그리고 검찰의 총수로서 청와대에 불려가 같은 일이 반복되지 않도록 노력하겠다는 말을 해야만 했다.

그날 전 총장은 검찰 수뇌부들을 모아놓고 분노의 일성을 토했다. 무능, 부패, 무사안일, 태만, 뇌물 등으로 인해 문제가 발생되면 누가 되었든 처벌할 것임을 천명한 것이다.

최악의 경우는 파면이고, 아무리 열심히 일해도 표 나지 않는 한직으로 발령 낼 것이라 하였다.

시골에 몇 년간 처박혀 있으면 웬만해선 요직에 오를 수 없다. 그렇기에 그날 이후 검찰은 많이 달라졌다.

떡검이라 불리는 것은 여전하지만 적어도 태만해서 재판에 지는 일은 없어진 것이다.

"그, 그건 아닙니다."

"무슨 혐의로 김 회장을 출두하도록 했나?"

"무단 방북을 하여……."

"그건 어떻게 알았나?"

"박인재 사무총장이……."

권 검사는 말끝을 흐렸다.

총장이 여당의 압력에 검찰이 휘둘리는 것을 가장 싫어한다는 것을 알기 때문이다.

"자네!"

검찰총장이 버럭 노성을 터뜨리자 권 검사는 눈치를 보며한 걸음 더 물러선다.

"분명히 말하지만 김현수 회장은 러시아 대통령이 임명한국제협력담당 특임대사로 면책특권이 있네. 아울러 이미 우리 대통령님으로부터 통일부 허가 없이 언제든 방북해도 좋다는 허가를 받으신 분이네."

"…몰랐습니다."

권인기 검사는 김현수의 신분이 이럴 줄 정말 몰랐다.

여당 사무총장인 박인재의 보좌관이 가져온 쪽지의 내용을 보고 기업인이 분수도 모르고 날뛰다 국가보안법을 위반한 것으로 파악하여 소환한 것이다.

"죄송합니다. 다시는 이런 일이 없도록 하겠습니다."

검찰총장이 정중히 고개를 숙여 사과하자 현수는 얼른 마주 허리를 숙였다.

"아닙니다. 괜찮습니다."

"사과하는 뜻으로 차를 한 잔 대접해 드리고 싶습니다. 저와 함께 가주시겠습니까?"

"네, 그러죠."

현수가 검찰총장의 뒤를 따라나서자 주효진 변호사는 가방 속에서 현수의 외교관 여권 사본을 건넸다.

"이거면 이번 사건을 종결할 수 있을 겁니다."

"네? 아, 네에."

양복 깃에 달린 변호사 배지를 본 권 검사는 현수를 대할 때와 달리 부드러운 표정이다. 어쩌면 학교 선배일 수도 있기 때문이다.

이때 뒤에 있던 김세윤 검사가 앞으로 나선다.

"하여간 저 꼴통은……. 야, 내가 전에 그랬지? 아무나 쑤시지 말라고. 너 그러다 한 방에 훅 간다."

"네? 아, 네에."

권 검사가 고개를 떨구자 주효진 변호사가 김세윤 검사에게 시선을 준다.

"아는 친구야?"

"응. 중학교 후배야. 인사해. 내 절친이자 대학 동기인 주효진 변호사야. 이름은 들어봤지?"

"아, 이분이······. 처음 뵙습니다. 권인기라 합니다."

전설처럼 전해지는 주효진의 사법연수원 시절 이야기를 어디선가 들은 모양이다.

"네, 반갑습니다. 앞으론 이런 일 말고 다른 일로 보죠."

"그, 그래야 하는데······. 선배님, 저 아무래도 울릉도 같은 데로 발령 나겠죠?"

김세윤 검사를 바라보는 시선엔 아니라는 답을 해달라는 빛이 담겨 있다.

"아마도 그렇겠지? 여당 국회의원의 무리한 청탁은 가급적 받아들이지 말라고 말씀하셨는데 그걸 어긴 첫 번째 케이스이니 울릉도가 아니라 독도일 수도 있겠다."

"선배님······!"

본인은 심각하니 농담하지 말라는 표정이다.

"진짜야. 총장님 여기 올 때 화 엄청 내셨어. 자네가 일에 치여서 사느라 잘 모르나 본데 김현수 회장은 해외에서도 엄청나게 큰일을 하시는 분이야."

"···아프리카에서 무슨 농장을 한다고······."

"그 농장이 얼마나 큰지 알아?"

"글쎄요? 한 100만 평? 아님 1,000만 평쯤 됩니까?"

권 검사를 바라보는 김세윤 검사와 주효진 변호사는 뭐 이런 사람이 다 있나 하는 표정이다.

대한민국 국민 거의 다가 알고 있는 사실을 혼자만 모르는 것 같다.

"우리나라가 일본으로부터 독립한 건 알아?"

"당연히 알죠. 1945년이잖아요. 올해는 2014년이니 70년쯤 되었네요."

"그걸 알면서 김현수 회장이 콩고민주공화국과 러시아, 그리고 몽골에 각각 우리나라보다도 더 큰 농장을 조성한다는 걸 몰라?"

"네에?"

권 검사의 눈에 흰자위가 확 늘어난다.

"아이구, 이런 벽창호 같으니. 신문이나 방송에서 뉴스는 보나?"

"제 사건과 관련된 건 봅니다."

"이제부턴 다른 것도 좀 보고 살아. 참고로 우리나라의 면적은 99,720㎢야. 몽골에서 조성되는 농장은 10만 8,123㎢이고, 러시아와 콩고민주공화국에서 만들어지는 것도 거의 그만 해."

권인기 검사는 입을 딱 벌렸다. 나라보다도 큰 농장을 만든다는 말에 놀란 것이다.

"뿐만이 아니지. 에티오피아에서도 조차지를 얻었네. 약

40,000㎢이니 우리나라의 절반쯤 되는 크기지. 러시아를 제외하곤 모두 200년간 치외법권을 인정받았으니 김현수 회장은 그곳의 왕이나 다름없네."

"허얼!"

권 검사는 입을 딱 벌린 채 멍한 표정을 지었다.

"여당 사무총장 박인재? 그딴 인간의 청탁을 받은 거야?"

"그, 그게 그분이 제 처가 쪽에……."

권 검사의 말은 끝을 맺지 못했다. 주효진 변호사가 나선 때문이다.

"푸틴 대통령이 러시아와 수교한 모든 국가에 김현수 회장님을 국제협력담당 특임대사에 임명한다는 신임장을 제출했습니다. 미국, 영국, EU, 일본, 지나, UN 등등이죠."

"정말입니까?"

전례가 없는 일이기에 반문한 것이다.

"그만큼 아끼는 사람이니 어느 누구도 건들지 말라는 경고의 뜻입니다. 만일 김현수 회장님에게 위해를 가한다면 전쟁을 불사하겠다는 뜻일 수도 있구요."

"아……!"

한 사람을 건드린다고 전쟁이 벌어질까 싶은 마음이 들었지만 이내 고개를 흔들었다.

제1차 세계대전은 세르게이의 청년이 오스트리아의 황태

자에게 충격을 가하면서 발발했다.

"시간을 내서 러시아 상황에 대한 기사들을 확인해 보십시오. 푸틴 대통령이 왜 김 회장님을 각별히 아끼는지 알 수 있을 겁니다."

"알겠습니다. 그리고 죄송합니다. 김현수 회장님께 제 사과를 전해주십시오. 저는 아무래도 다른 데로 발령이 날 것 같습니다."

권인기 검사는 좌천당해 지방 한직으로 가는 자신을 상상하곤 어깨를 늘어뜨린다. 이때 김세윤이 나선다.

"시골로 안 갈 방법 가르쳐 줄까?"

"뭡니까, 선배?"

눈이 번쩍 뜨인다.

"박인재 총장, 그 인간을 한번 캐봐. 모르긴 해도 줄줄이 사탕처럼 비리가 드러날걸."

김세윤 검사의 말에 권인기는 흥미 있다는 표정이다.

"선배, 방금 그 말, 근거는 있는 거예요?"

"세정캐피탈이라고 알아?"

"네, 압니다. 박인재 총장님이 소개해 주셔서 얼마 전에 거기서 돈 좀 빌려 썼습니다."

"신용대출이야, 담보대출이야? 이자율은 어땠어?"

"네? 신용대출이고 이자율은 연 4.5%였습니다. 일 처리도 빠르고 아주 친절하던데요."

권 검사는 이런 건 왜 묻느냐는 표정이다.

"세정캐피탈이 대부업체인 건 알아?"

"알죠. 그러니까 거기서 돈을 빌렸죠."

"그놈들 서민 피 빨아먹는 악질들이야. 대출해 줄 때 이면
계약서를 쓰라고 해서 연 600% 이자를 받아. 연체하면 최고
1,200%까지 올라가고."

"네에? 아, 아닌데요. 전 4.5%였어요."

권인기는 뭔가 잘못 아는 것 아니냐는 표정이다.

열심히 암기해서 사법 시험을 통과했고, 사법연수원에서
도 죽어라 암기하여 검사가 되었다.

밥 먹을 때도, 화장실에 있을 때에도, 심지어 욕조에 담긴
상태에서도 외우고 또 외워 이루어낸 성취이다.

검사가 된 이후엔 오로지 사건만 봤다. 인터넷으로 자료를
조사할 때에도 자신이 보고 싶은 것만 골라서 봤다.

그 결과 세상일에 무뎌진 것을 본인은 모른다.

"그건 자네가 검사니까 그런 거야. 박인재 의원의 추천도
있었고. 내가 얼핏 듣기론 세정캐피탈과 박인재 사이에 뭔가
어두운 커뮤니케이션이 있는 것 같아."

"……!"

"그걸 캐내겠다고 총장님께 말씀드리면 당분간 지방행은

면할 것 같은데. 결과가 좋으면 더 좋은 데로 영전할 수도 있을 거고."

김세윤 검사의 말에 권인기는 눈빛을 빛낸다.

이제 나락으로 떨어질 일밖에 없다고 생각했는데 갑자기 하늘에서 굵은 동아줄이 내려온 듯한 느낌이다.

곁에 있던 주효진 변호사가 깜박 잊고 있었다는 듯 끼어든다. 시선은 김세윤에게 향해 있다.

"방금 자네가 말한 세정캐피탈 말이야. 그거 혹시 세정파라는 조폭하고 관련된 데 아냐?"

"글쎄? 그건 나도 모르겠는데? 이봐, 권 검사. 자네가 조사해 봐. 만일 그런 거라면 정가에 회오리가 불겠는데?"

김세윤 검사는 손가락을 빙빙 돌려 회오리 모양을 그린다. 그리곤 말을 잇는다.

"그걸 캐낸 사람이 자네란 게 알려지면 아마 크게 유명해질 거야. 그럼 총장님이 보내고 싶어도 못 보내시지."

"알겠습니다, 선배님! 제가 한번 캐보죠!"

권 검사의 표정은 한껏 고무되어 있다.

"조심해야 할 거야. 박인재 그 인간 썩은 내가 진동하지만 결코 만만하지 않거든."

"맞습니다. 웬만해선 여당 사무총장 되는 것도 어렵지만 그 자리를 건사하는 것도 쉽지 않죠. 각별히 주의를 기울이지 않으면 거꾸로 당할 겁니다. 나방이 불에 너무 가까이 가면 어찌 되는지 알죠?"

"압니다. 각별히 주의하겠습니다. 충고 고맙습니다."

권 검사는 선배들의 충고를 귀담아듣겠다는 듯 연신 고개를 끄덕인다.

"자, 그럼 우린 가네."

"네, 살펴 가십시오."

주효진 변호사와 김세윤 검사가 나간 후 권인기는 책상 위의 수북한 서류를 손으로 밀어버린다.

쿵! 와당탕탕!

"어휴! 내가 진짜⋯⋯!"

한 달 전 일식집에서 만난 박인재의 보좌관 얼굴을 떠올린 권인기는 치를 떨었다. 출셋길을 열어준다면서 준 쪽지 때문에 고생문이 훤해졌다는 걸 깨달은 때문이다.

그러다 생각났다는 듯 수화기를 든다.

"어, 그래. 나야, 권. 그래, 그래. 잘 지내. 너도 괜찮지? 그래. 참, 뭐 하나 묻고 싶은 게 있는데⋯⋯."

권 검사는 사법연수원에서부터 친하게 지낸 동기들과 약속을 잡았다.

하나는 상당히 치밀한 성격인지라 꼼꼼히 수사하는 것으로 유명하다. 다른 하나는 승소율 100%인 검사이다.

혼자서는 박인재를 잡을 수 없다 판단하여 가장 믿을 만한 동기들만 모아 비밀리에 수사를 하려는 것이다.

이런 걸 검찰 인지사건이라 한다.

잘나가고 전도양양하던 여당 사무총장이 몰락에 몰락을 거듭하는 시초는 이렇게 시작되었다.

같은 시각, 현수는 전성운 검찰총장으로부터 심심한 사과의 말을 듣고 밖으로 나섰다.

우전(雨前)이라는 차 한 잔을 대접받는 동안 권철현 고검장의 1년 선배라는 이야길 들었다.

현수가 권 고검장의 사위라는 걸 안다고 하여 어찌 아시냐 여쭸더니 신부 쪽 하객으로 결혼식에 왔다고 한다.

고맙다 하였더니 잘살라면서 껄껄 웃었다.

지현을 며느릿감으로 찍어놓았다 하여 아드님 나이를 물었더니 장가를 늦게 가서 이제 겨우 고3이라 하였다.

화기애애한 분위기에서 차 한 잔을 마시고 나오니 주효진 변호사가 기다리고 있다.

"덕분에 빨리 끝난 것 같습니다."

"네에, 김 검사가 힘 좀 썼습니다. 회사로 가실 거죠?"

"네, 그래야죠."

반드시 되돌아오라고 한 주영의 얼굴을 떠올리곤 차에 올랐다.

부우우우웅! 부우우웅!

"여보세요."

"아! 안녕하세요? 윌리엄 그로모프입니다, 회장님."

윌리엄은 2009년 아벨상 수상자이며 뉴욕대 교수인 미하일 그로모프의 조카이다.

"네에, 오랜만이군요. 잘 지내죠?"

"덕분에 아주 잘 지냅니다."

"삼촌은 어떠십니까?"

"곧 한국으로 들어가신다고 합니다. 회장님께 자문받을 게여럿 있다 하시더군요."

"그래요? 제가 한국에 있을 때 오셔야 하는데 헛걸음하실까 걱정이네요."

71세나 된 노인이니 헛걸음하여 되돌아가게 되면 장시간에 걸친 비행이 몸에 좋을 리 없어 하는 말이다.

"그럴 일은 없을 겁니다. 한국에 있는 K대학 수학과 교수로 가시는 거니까요."

K대학이라면 현수가 나온 삼류대학교이다.

솔직히 세계적인 수학자가 몸담기엔 수준이 낮다. 그러고보니 현수의 스승인 소병익 교수도 그 대학에 있다.

"잘됐군요. 한국에 오시면 제게 꼭 연락하라고 전해주십시오. 근데 그것 때문에 전화 주신 겁니까?"

"아닙니다. 회장님께서 써주신 In the Moonlight의 저작권료 때문에 연락드렸습니다. 디지털 싱글로 발매했는데 저작권료를 보내드릴 계좌가 없습니다. 알려주시면 그쪽으로 보내라 하겠습니다."

"아! 저작권료요?"

"네, 아직 초반인데도 액수가 상당합니다."

"반응은 어떻습니까? 많이 팔렸어요?"

"곡이 너무 좋아서 기대를 많이 했는데 그 이상입니다. 저요즘 너무 바빠서 잠잘 시간이 부족할 지경입니다."

"아, 그래요?"

현수는 저작권 수입을 윌리엄에게 줄 생각을 해보았다.

음반 발매 수입도 있고 미국은 한국보다 출연료 등이 셀 것이니 돈이 궁색하지는 않을 것이다.

"계좌를 하나 만들어서 알려드리지요."

"네, 문자로 찍어주셔도 됩니다. 참, 영화 메인 테마로 쓰인다 했는데 그건 어떻게 되었습니까?"

"그렇게 하는 걸로 확정되었고 현재 편집 작업 중입니다. 올해 연말에 개봉될 예정이라 합니다. 제임스 카메론 감독이 고맙다고 말씀 전해달라고 하네요."

윌리엄의 음성은 조금 들떠 있다. 디지털 싱글로 In the Moonlight를 발표한 직후 그야말로 혜성처럼 떠올랐다.

현재 빌보드 차트 3위에 랭크되어 있는데 1위는 지현에게이고 2위는 첫 만남이다. 벌써 수 주째 부동의 1, 2위라 웬만해선 깨기 어려울 것이다.

그러고 보니 빌보드 차트 1~3위 모두 김현수 작사, 작곡인곡이다. 참으로 이색적인 현상이라 할 수 있겠다.

통화를 마친 현수는 이실리프 트레이딩의 윌슨 카메론에게 전화를 걸었다.

"아! 보스, 오랜만입니다."

"그래요. 윌슨, 잘 지내죠?"

"물론입니다. 참, 오늘 오전에 재무부로부터 돈이 들어왔습니다. 이게 무슨 돈인지 여쭈어도 되겠는지요?"

"얼마가 들어왔죠?"

"1,384억 3,200만 달러입니다. 몽골 이실리프 뱅크와 이실리프 뱅크 반둔두 지점의 계좌번호가 없어서 이쪽으로 보냈으며 추후 230억 7,200만 달러에 대한 송금 수수료는 면제된다 하였습니다."

"아! 그 돈이요?"

미국 정부가 매입하기로 한 금괴 4,000톤에 대한 대금을 지불한 모양이다. 실제 지불자는 연방준비은행일 것이다.

금괴를 매입처가 실제론 그곳인 때문이다.

이런 건 이야기할 필요가 없다.

"이실리프 트레이딩의 실적은 어떠합니까?"

"아, 지난달 실적은 월 초에 보안 메일로 보내드렸는데 아직 확인 안 하셨습니까? 흐음, 지난달은 지지난달보다 3.6% 포인트가 더 좋아졌습니다."

윌슨이 보낸 실적보고서를 현수는 제대로 본 적이 없다. 상세한 내용까지 알 필요가 없기 때문이다.

그것을 보면 윌슨을 비롯한 이실리프 트레이딩 팀이 얼마나 견실하게 성장하는지를 알 수 있다.

현재는 미국 증시에만 투자하고 있는데 눈을 돌려 개도국이나 저개발국 증시에 뛰어들면 보다 큰 수익을 거둘 수 있을 것이다.

CHAPTER 13
보너스 3,584억 원

"금액도 말씀드릴까요?"

"아뇨, 아닙니다."

"들어온 돈은 어쩌지요?"

"이실리프 트레이딩 팀에게 맡깁니다."

"헉! 이, 이 많은 돈을요?"

윌슨 카메론은 깜짝 놀라지 않을 수 없었다. 현재 운용하는 돈의 1,300배가 넘는 거금을 일임한다는 말 때문이다.

그러거나 말거나 현수의 말은 이어진다.

"석유와 곡물보다는 기술주 쪽이 더 나을 것 같습니다."

"알겠습니다. 보스의 뜻대로 그쪽은 배제하지요. 그런데 정말 이 큰돈을 저희에게 맡기실 겁니까?"

"해보세요. 실적에 따른 성과급이 있을 테니 기대하라 전하구요."

"보, 보스!"

윌슨의 음성은 떨리고 있다. 현수는 노숙자이던 자신에게 집과 직장을 마련해 준 은인이다. 그런데 자신의 뜻을 마음껏 펼쳐볼 수 있는 거금까지 맡긴다.

늘 꿈꿔오던 공격적인 투자를 해볼 수 있다.

2013년 11월 기준 뉴욕증권시장(NYSE)의 시가총액은 17조 3,973억 달러이다.

나스닥(NASDAQ)은 6조 113억 달러이다.

현재 운용 중인 자금을 포함하면 대략 1,386억 달러를 운용할 수 있다.

이 돈은 NYSE 전체의 125분의 1 정도 된다.

나스닥의 경우는 이보다 비중이 큰 43분의 1이나 되니 이 정도면 미국 증시를 한바탕 크게 휘젓고도 남는다.

윌슨과 그 동료들은 본질적으로 선량한 사람들이다.

하지만 자신들을 내친 회사들에 대한 원망도 하지 않는 것은 아니다.

통화가 끝난 후 이실리프 트레이딩엔 비상 집합령이 떨어졌다. 하여 모두 하던 일을 멈추고 회의실로 모였다.

오늘 오전에 입금된 엄청난 금액 때문일 것이라고 예상하고 모여든 것이다.

"다들 모였어?"

현재 이실리프 트레이딩의 직원 수는 28명이다. 아래층 식당의 리사와 청소부, 그리고 관리인을 포함한 숫자이다.

"리사와 해리먼, 그리고 라일리 씨는 빠졌습니다."

실무진은 다 모였다는 뜻이다.

"좋아. 조금 전 보스와 통화했다."

"김현수 회장님과?"

"그래, 에머슨."

에머슨은 오스틴 소재 텍사스 주립대학 경제학과 출신으로 한때 골드만삭스에 재직했던 사람이다.

제퍼슨 슐츠란 상사에 의해 실직한 후 부인이 애들을 데리고 떠나 실의에 찬 나날을 보내기도 했다.

하지만 지금은 아니다. 말쑥한 양복 차림에 금테안경을 끼고 있다. 누가 봐도 엘리트의 모습이다.

이실리프 트레이딩의 사장은 윌슨 카메론이고, 에머슨은 부사장 겸 수석 애널리스트이다.

풍부한 경험과 명석한 두뇌로 증권은 물론 선물과 파생 상품까지 꼼꼼하게 분석하고, 예측하는 일을 한다.

이실리프 트레이딩이 지금껏 실수하지 않고 성장한 것 중 30%는 에머슨의 공이라 해도 과언이 아니다.

"보스께서 뭐라 말씀하셨나? 그 돈은 뭐래?"

"무슨 돈인지는 나도 몰라. 재무부에서 보냈으니 결코 검은돈은 아니라는 것이 내 생각이야."

윌슨의 말에 모두 고개를 끄덕인다.

재무부(Department of the Treasury)는 국내외 재정정책 수립을 건의하고 조세정책을 세우며 각종 세금을 징수하고 화폐 및 국채의 발행과 관리를 담당하며 국립은행을 감독하는 기관이다.

따라서 1,384억 3,200만 달러는 검은돈일 수 없다.

윌슨은 직원들에게 시선을 한 번씩 준 후 말을 이었다.

"보스께선 그 돈으로 우리의 능력을 마음껏 펼쳐보라 하였다. 현재 우리가 가용한 금액은 약 1,386억 달러이다. 어떤 투자를 할 건지 각자 제안서를 작성하여 제출하도록."

"저, 정말입니까? 정말 우리가 1,384억 3,200만 달러를 마음대로 투자해도 됩니까?"

믿기지 않는다는 표정을 짓고 있는 사내는 슐츠에 의해 얼마 전 해고당한 예일대 출신 애널리스트이다.

윌슨은 시선을 준 채 고개를 끄덕였다.

"보스께선 실패를 언급하지 않으셨으나 성과가 있을 때엔 그에 걸맞은 성과급을 약속하였다."

"……!"

모두들 전기에라도 감전된 듯 멍한 표정이다.

"과감히 투자하라. 하이 리스크, 하이 리턴이라는 말을 모르진 않겠지? 보여드리자. 우리의 능력을. 나락에 떨어져 있던 우리에게 집과 직장을 준 분이시다."

요 대목에서 모두의 고개가 또 한 번 끄덕여진다. 월슨의 말처럼 구렁텅이에 빠져 신음하던 예전이 있었기 때문이다.

"우리가 능력만 발휘하면 1,386억 달러는 연말이 되기 전에 5,000억 달러 이상이 될 수 있다."

월슨은 세 배 이상의 성장률을 보이자고 강변하고 있다. 그런데 어느 누구 하나 곤란하다는 표정을 짓지 않는다.

오히려 기대에 찬 표정이다.

"월슨, 그 정도로 되겠어?"

연말이 되려면 아직 멀었다. 증시와 선물의 등락폭을 감안해 보면 자산을 3.6배로 늘리는 것이 불가능하지는 않다.

한국엔 열아홉 살의 나이에 주식 투자를 시작하여 스물세 살에는 최연소 주식 투자 애널리스트가 된 사람이 있다.

최연소 증권강연회의 주인공이기도 한 이 사람은 300만 원을 100억 원으로 불린 신화의 주인공이다.

최초 투자금을 무려 3,333배나 불린 셈이다.

이실리프 트레이딩의 실무진들은 전원 명문대학 출신이고 월가에서 잔뼈가 굵었다. 따라서 8개월 동안 3.6배를 불리는 것은 일은 결코 불가능한 일이 아니다.

월슨은 '하이 리스크, 하이 리턴'을 부르짖었다.

위험이 높은 만큼 수익도 높다는 말이다. 이를 뒤집어 생각하면 위험이 높으니 손실도 클 수 있다.

그런데 위험을 감수하고 누구보다 먼저 뛰어들어 승부하면 그 과실은 더 달지 않겠는가?

아무튼 월슨은 과감한 투자를 주문했다.

그동안은 다소 보수적인 운용을 했다. 그럼에도 적지 않은 성과를 거뒀다. 이게 지금까지의 분위기이다.

그런데 돈이 많으면 많을수록 실패할 확률이 줄어든다. 그렇기에 과감한 투자가 가능해진 것을 이야기한 것이다.

"이보게, 에머슨. 5,000억 달러는 마지노선이야. 하한선이라고. 내 욕심 같아선 올해 안에 1조 달러 돌파를 달성하고 싶다구."

"정말 꿈같은 이야기군요. 1조 달러라니!"

누군가의 탄성이다.

"많이 벌자, 많이 벌어! 보스께선 그에 상응하는 성과급을 주실 테니 우리에게도 이익이잖아? 안 그래?"

"하하! 그건 그렇지."

에머슨을 비롯한 모두의 입이 벌어진다. 판이 커졌으니 벌어들이는 돈의 액수도 달라질 것이다. 그에 따라 성과급 또한 단위가 달라질 것을 생각하니 즐거운 것이다.

"윌슨, 우리가 자산 1조 달러를 달성하면 성과급이 얼마나 될까?"

"그러려면 우리가 8,614억 달러를 벌어야 해. 그중 1%라면 86억 달러지? 이실리프 트레이딩은 총인원이 28명이니 86억 달러를 28로 공평히 나눈다 치면… 누가 계산기 좀 두드려 봐."

"호호! 네에."

윌슨의 곁에 있던 사만다가 얼른 계산기를 두드린다. 당연히 모두의 시선이 이 여인의 입으로 모아진다.

"86억 달러 나누기 28은… 1인당 3억 700만 달러군요."

한화로 3,584억 원이다.

"휘유! 대단하군."

"역시 규모가 커야 뭐든 커지는군."

"그러게. 700만 달러만 받아도 감지덕진데 거기에 3억 달러가 추가된다고?"

"와아! 우린 억만장자가 된다! 만세! 만세! 만세!"

"와하하하하!"

이실리프 트레이딩의 사무실에선 오랫동안 웃음소리가 진동했다. 아래층에서 식사 준비를 하던 리사가 깜짝 놀라

올라왔다.

"네에? 뭐라고요? 헉! 내, 내 심장! 으으! 누가 911 좀 불러
줘요! 나 심장마비로 쓰러질 거 같아요!"

"리사, 엄살 피우지 마! 당신은 심장이 너무 튼튼해서 백 살
이 넘도록 살 거니까."

"쳇! 눈치챘어요? 그래도 그렇지, 내가 심장마비라는데
911에 전화 거는 사람이 하나도 없다니. 오늘 저녁 스테이크
는 모두 새까맣게 탄 겁니다. 다들 아셨죠?"

리사의 협박에도 직원들은 웃는다.

"리사, 나는 오늘부터 안 먹어도 배가 안 고플 것 같은데 어
쩌지? 새까맣게 태운 스테이크는 리사가 다 먹으라고!"

에머슨의 말에 리사는 눈을 하얗게 흘긴다.

"부사장니~ 임!"

『전능의 팔찌』 44권에 계속…

전혁 新무협 판타지 소설
FANTASTIC ORIENTAL HEROES

왕후장상

『월풍』, 『신궁전설』의 작가 전혁이 전하는
유쾌, 상쾌, 통쾌 스토리, 『왕후장상』!

문서 위조계의 기린아 기무결.
사기 쳐서 잘 먹고 잘살던 그에게 날벼락이 떨어졌다.
바로 녹슨 칼에서 나온 오천만 냥짜리 보물지도!

기무결에게 내려진 숙제,
오천만 냥을 찾아라!

그러나 꼬인 행보 끝 도착한 곳은 동창의 감옥이었으니……

"으아악! 이게 뭐야!! 무림맹이 왜 여기 있는 거야!"

천하제일거부를 향한 기무결의
끝없는 도전이 시작된다!

Book Publishing CHUNGEORAM

유행이 아닌 자유추구 -
WWW. chungeoram.com

# 용마검전

## FANTASY FRONTIER SPIRIT

김재한 판타지 장편 소설

「폭염의 용제」, 「성운을 먹는 자」의 작가 김재한!
또다시 새로운 신화를 완성하다!

## 『용마검전』

사악한 용마족의 왕 아테인을 쓰러뜨리고
용마전쟁을 끝낸 용사 아젤!

그러나 그 대가로 받은 것은 죽음에 이르는 저주.
아젤은 저주를 풀기 위해 기나긴 잠에 빠져든다.

그로부터 220년 후……

긴 잠에서 깨어난 아젤이 본 것은
인간과 용마족이 더불어 살아가는 새로운 세상이었다.

Book Publishing CHUNGEORAM

유혼이 아닌 자유추구→
WWW.chungeoram.com